顺着山梁走

肖照越 著

陕西新华出版
太白文艺出版社·西安

图书在版编目（CIP）数据

顺着山梁走 / 肖照越著. -- 西安 : 太白文艺出版社, 2023.3(2024.1重印)
ISBN 978-7-5513-2364-2

Ⅰ. ①顺… Ⅱ. ①肖… Ⅲ. ①诗集－中国－当代
Ⅳ. ①I227

中国国家版本馆CIP数据核字(2023)第038318号

顺着山梁走
SHUNZHE SHANLIANG ZOU

作　　者　肖照越
责任编辑　何音旋
封面设计　周　波
版式设计　建明文化
出版发行　太白文艺出版社
经　　销　新华书店
印　　刷　三河市嵩川印刷有限公司
开　　本　787mm×1092mm　1/16
字　　数　100千字
印　　张　18.5
版　　次　2023年3月第1版
印　　次　2024年1月第2次印刷
书　　号　ISBN 978-7-5513-2364-2
定　　价　65.00元

联系电话：029-81206800
出版社地址：西安市曲江新区登高路1388号（邮编：710061）
营销中心电话：029-87277748　029-87217872

序

放不下的人世间

——序肖照越诗集《顺着山梁走》

龚学敏

迎面而来的两行诗就让人有了一种非读下去不可的念头。说实话，做了多年的职业编辑，我过眼的诗稿已是无法计量。尤其是开始使用微信之后，可以讲，无时不被各种形式的诗作轰炸得疲惫不堪。日子一久，不说麻木，新鲜感自然没了。陕西诗人肖照越把他即将付梓的诗集《顺着山梁走》的电子版发给我，文件一打开，这两句一下子便印在我的脑子里，再也无法忘掉。

白鹿原本是一手好牌
却常常被三十公里开外的白鹿仓截和

——《白鹿原》

要读出这首小诗的妙来，需读过陈忠实的《白鹿原》，读过柳青、路遥、京夫……还需上过现在的白鹿原。最重要的，要会打麻将，或者像我一样，多年前打过麻将。所幸，这些我都有的。生活就是这样，当我们自己不想再变，想在精神上回到我们自己认为值得停留的地方时，在我们对曾经经历的、没有珍惜的，开始认真、开始珍惜时，它好像还在那里，却又变得不是它了。就如白鹿仓的喧嚣，开始在对我们物质之外的需求，收起门票来。一个“截和”，便含有了多少的无奈。

多年以前，我与诗人肖照越在成都聚过。那时，他还在安康的一家银行工作，业余时间用来拼命地读书和写诗。他的新诗集《顺着山梁走》发我后，我还与杂志社的老同事一起聊起那时的肖照越。记得那次相聚时，还对他讲起二十世纪九十年代初，因为诗歌，我去过一次安康，那时我还在当警察，是带着手枪去的。遗憾的是和也在拼命写诗的他失之交臂了。好在，这本诗集让我对他有了一次全面的了解，或至少在很多地方有了共鸣。包括对自然的敬畏，包括悲悯，还包括少年时共同的梦想——长大后当一名地质队员。我很认可肖照越对诗歌生命力的观点，真正检验我们作品的，既是身处的时代，更是历史。唯有这样，才不枉我们终其一生，用心去爱诗。

在遂宁，一座白塔
试图点化凡尘
灵泉寺，在渡鸦的方言里
不过一筐龙门阵
侧耳，几只小麻雀
正乱点“不二法门”
桓温和涪江都不会想到
一位草根诗人，会在千年之后
翻越秦岭，于川南
见证一条江水认祖归宗

——《蜀地辞》

一座寺，不过是一筐龙门阵。是的，一个人的一生，也许只是一个多年以后再也没人摆的龙门阵，风一吹，就消失得无影无踪。渡鸦和麻雀因为诗人的点化，既会方言，又站在芸芸众生无法达到之处，作为一种见证。而诗人又在见证江水如何回到历史、回到自己。天地万物都想以自己的方式点化异类，到头来，终还是相互见证而已。这是天命，也是规律。诗人在此，不仅呈现出了事物的存在，更是用空灵的语言给读者勾描出其本质。诗歌就这么神奇，越是空灵，很多时候，它们越能够抵达真实，要看你是如何待它们的。肖照越算是深谙此道。

故乡是一碗酸辣面
自从喝了汉沔之水
便有了秦地凉皮的性格

往往在夜间，柔软如蛇
一梦醒来，便把岁月摔打成鞭子
又长又筋道
抽在身上
很疼

——《故乡的性格》

古今中外，写故乡的诗多了去。想要写出独特的，写出与别的诗人不同的，写出真正属于自己的新发现，谈何容易。只有大气而粗放的陕西人才会，也才敢把故乡想象成又长又筋道的面条。更进一步的是这碗面成了鞭子，并且，还要抽在身上。故乡至此，会让每一个人感到切身的疼，这种疼已然和岁月一起，烙在了身上，甚至梦中。面是故乡，而这面的鞭子抽在身上的疼也是故乡。一个具体到从小到大吃着的面，一个抽象到由面而产生的思乡的疼。诗人的想象，既生动又形象，像是用诗意的水，把与故乡有关的一切紧紧地糅在了一起，再也分不开。

夜行，被一张黑色的纸
裹着。慢慢走
记住老路，就不用害怕
手握电筒，却无意打开
我担心，一旦打开
夜，就被
捅破

——《一旦》

其实，我们每个人的内心，无时无刻不被孤独这张黑色的纸裹着。即使在白日里，与生俱来的孤独也都跟随着我们，尤其是当工业的发展、城市的扩张给人们的生活方式带来根本改变时。这一点，对于肖照越与我这般年龄的、在大山里长大并且大多的时间在山里工作和生活的人而言极为撕裂。儿时农耕文明的油灯照明、二牛抬杠的耕作方式，在现代文明的大背景下显得那么原始。这种冲突，无时不在提醒着我们，不管我们愿意与否，这张纸都会，或者已经被捅破。就如诗人在诗的末尾写到的："而此刻，我却找不到 / 一只盛血的器皿。"

父亲在门前栽下你那年
母亲生下我
整个童年和少年
我都跟你一样
简单如一，见风长
个头蹿得很快
母亲说我，只长个儿
不长心

……

后来，人间变得复杂了

个儿，也就不长了

而你一直在长，高度

远超于我

——《后来人间变得复杂了》

人间变复杂了，人的个儿，就不长了。读到此时，内心如同被一根细细的针扎了一下，既感到悲哀，又空怀许许多多无法诉说的忧伤。一位真正的诗人总是会在普普通通的日常中，发现一种能够打动我们的事物。或者，用常人不具备的能力，赋予日常的事、物一种能感染我们的力量。这种力量，不仅仅让人振奋，有时，也会让人悲伤。而悲伤是一种更为强大的力量。

诗集分为“大地行吟”“故土苍茫”“凡尘碎语”“心湖微澜”四辑。这种分法，看似平实，细一琢磨，便是诗人给我们呈现的他对空间、时间和自己内心的认知。写诗就是观世界、观自己。格局便是内心深藏的一把尺子、一种标准，最终，我们比的都是格局。像上面点到的《蜀地辞》《故乡的性格》《一旦》《后来人间变得复杂了》这样耐读的诗作，在整本诗集中随手一翻，比比皆是，充分说明作为诗人的肖照越以诗歌的角度观察生活的能力。

诗人在后记里说，定下这个书名之后，稍稍松了口气。写到此时，我也稍稍松了口气，像是顺着诗人用自己对世界、对人生的理解给读者设置的一座山梁走了出来，这一路的风景，着实让人感叹不已。因为，伴随我们的是一位诗人的真诚。而在这已经变得复杂的人间，真诚已是稀罕之物。

2022 年 6 月 11 日于成都

龚学敏，四川九寨沟人，现居成都。《星星》诗刊杂志社社长、主编，四川省文联副主席，四川省作协副主席，中国诗歌学会副会长。1995年春天，沿中央红军长征路线从江西瑞金到陕西延安进行实地考察并创作长诗《长征》。已出版诗集《九寨蓝》《紫禁城》《钢的城》《纸葵》《四川在上》《濒临》等，以及李商隐诗歌译注《像李商隐一样写诗》。

目录 CONTENTS

第一辑　大地行吟

第二辑　故土苍茫

第三辑　凡尘碎语

第四辑　心湖微澜

第一辑　大地行吟

湖畔，蓝色的雾

正摇动，一枝格桑花的长裙子

晨风唤醒太阳

湖水，满面红晕

几只早起的水鸟

擦洗湖面，泸沽湖

眉清目秀

此刻，一支粉色的歌谣从水下

刚刚探出脑袋

◀ 泸沽湖　摄影：肖照越

白鹿原

白鹿原本是一手好牌
却常常被三十公里开外的白鹿仓截和

原上深冬的风像利刃割脸
而真正割得你心痛的
并非这把风刀
白嘉轩的老宅豁牙漏嘴，能吞噬钞票
鹿子霖的子孙不再冀望庄稼的长势
那些早已干瘪的风流韵事
也冒出了原西的气味
据说在《白鹿原》有户籍的望族
如今都改了胃口
只有原上的酸枣树和芭茅草
还以土为食
闭口不谈身世

原下，陈忠实与柳青路遥京夫相邻而居
先生们个个坐姿端正，三缄其口

岳阳读楼

三百公里时速
足以把一些山水、草木、秋虫
和块垒
忽略于风中
从关中厚土到两湖平原
一部浓墨重彩的断代史，赶不上
一列高铁的狂草

此刻，湖湘大地秋色荡漾
秋意澎湃
我又一次看到
希文先生那辽阔的忧乐
在一面浮雕墙上
正襟危坐，心系天下

八百里洞庭，气色饱满
那些辛辣的旧时光
和蓬勃的新词汇
争先恐后，熙来攘往
各自安好
其索引，均指向同一座
气宇轩昂的
楼宇

沙洲坝听蛙

一口水井
胸怀济世之心
送儿女远行
带着赣南乡音，去往
贫瘠之地。穿越山河
大都，消失在
路途

井，自此被人敬奉

此刻，热流从儿时的字隙间
渗出来，烫伤我的夙愿
而当年那些掘井人
却不知所终

午时，蛙鸣汇聚而来
敲击耳鼓
探头井内，幽深如渊
不见蛙。只有我的影子
在水面漂着

一滴水如何走向大海

在彝海，一场秋雨
随风而行，有的不知所终
雨后黄昏
我分明看见一滴水，走上草尖
目送残阳翻过大凉山，蜿蜒而去

一次歃血为盟
让彝海，走进一部历史的脉管
与一支洪流为伍
执手日月，一曲长音于黎明时分抵达
风从异乡来
吹开大凉山紧锁的眉头

此刻，山巅极目
那一望无际的碧浪
正召唤，我的辽阔

穿越秦岭

一座山，面相高古
我的行色却是如此潦草
清风温润。山风
喊出跌宕的音律
那些本该肃然起敬的汹涌
被我在高速路上
匆匆划过

翠绿，是这座山留给岁月
最宏阔的遗产
如同父亲的遗嘱，真实而沉重
胜过秦砖汉瓦，高过
三千红尘
而狂奔的车轮
却把它，忽略在风中

夕阳凝眸，倦鸟归林
我的抱愧之心，被
暮色摁住
而此刻，一只豹子
却在胸中狂突

纸上陕西

腰身很细，个头高挑
仰头就够得着北方草原

脚蹬秦岭巴山，饮渭汉之水
把西周秦汉养育得耳聪目明、意气风发
又把魏晋伺候得风流倜傥、高贵典雅
纵横天下，站在
黄土高坡，看一部中华史
被抛向左、抛向右
让司马迁、班氏父子等史家们
忙得不亦乐乎

也曾用一颗荔枝的甜润
滋养了一个王朝丰腴的气色
还偏爱诗人，李白，杜甫，白居易，韩愈
李商隐，杜牧，王维，孟郊们从容作诗
尽情挥洒，把三秦大地
有时烘托得豪情万丈
有时拿捏得凄凄切切
至今，那关中女子，心境到了
或花枝乱颤，或梨花带雨

没啥好矜持的

当唐太宗打开盛大的朱雀门
迎接取经归来的玄奘时
那和尚早已四大皆空，荣辱不惊
众呼：狰尿
这也是今日老陕的另一种厚实

大雁塔小雁塔穿针引线
把十三个王朝
装订得洋洋大观、严丝合缝
譬如兵马俑，每一张
国字脸上都写着秦人的硬朗
藏着千年烟火

至于大汗淋漓
懵头懵脑的锅盔馍、裤带面
羊肉泡、葫芦头、油泼辣子拌饸饹……
都是流落民间的典籍

那函谷关、大散关、武关、萧关

如今都是摆设
自由进出的
不仅有日月风影
还有一吼惊天下的
秦之声

村庄

村口的歪脖子榆树还在
爱在春上蒸榆钱饭的张婶不在了

晒场边的老柿树还在
吴婶夹柿子的竹竿不在了

安坪靠里的石磨还在
绕磨盘转一辈子的老牛不在了

观音岩下那棵从根部分杈的香椿还在
树上拴羊的麻绳不在了

哭儿沟的溪流还在
唱情歌的歌喉不在了

当年用改天换地的志气垒砌的梯田还在
那些在山野俚曲上跳舞的庄稼不在了

松树坡的草禾还在
雷二伯喊山似的放羊调不在了

猪场门口那块光滑的石头还在
石头上的体温不在了

西坡林子里的鸟鸣还在
一起听鸟的耳朵不在了

东坡的暖阳还在
草丛里躲猫儿的惊叫声不在了

女儿寨的林涛还在
比林涛声高亢的抬田号子不在了

老队长还在
晨雾中出工的喊叫声不在了

出山的小路还在
那些四季忙碌的脚步不在了

葫芦寨的雾岚还在
少年远眺的惆怅不在了

思念的根须还在
我的村庄，除了
名字和年迈的躯壳
大都不在了。只有

晨光和落霞
不时刺痛村庄的黎明
和黄昏

那年西塘

落日放下向晚之炬
暮色婉拒浅色的步履
目光坚毅，星星
渐次走出巢穴
黑暗吞噬你我的天涯
万家灯火，一次次击穿
天空和水面
望仙桥上
风，刚刚送回人间冷暖
桨橹于优雅处
翻动味蕾。西塘
正江南

泸定桥

十三根铁索
把一部历史紧紧拉住
也拉住了一部史诗的隽永
硝烟凝固在墙壁上
连同信仰

大渡河的呐喊
依然是八十多年前的气度
不老的，还有河里的风
山顶的云、水边的草
以及，那照耀山河的暖阳

庐山松

人间四月，山桃花
从醉吟先生的诗句中走出来
亮出芳菲的小嗓子

一座山，见多识广
却不愿谈论多余的事情

在含鄱口
松树们挺拔而轩昂
那些盘根错节的断代史
把风云际会扎得很深
有不甘寂寞的小情怀
裸露在地面上
乱云飞渡，草木们慷慨陈词
却没有一声嘶吼
清晰地告诉我，那
交织的深度和去向

小兴安岭的表情

眼睛在林间行走
春日的早晨
所有的枝叶都在向我招手
目光所及，山巅
以蕴含绿色的名义
和云朵的姿势
向远方的客人致敬
倾听草木，每一粒芽苞
都呼唤我远去的青春自由蓬勃

把沉默浸在水里
与顽石撞击的故事很多
汤旺河，微笑依然矜持
沿着波光的暗示，我来到嘉荫
黑龙江畔浓荫密布，云淡风轻
一部历史风干在岸边
岁月无语，在嗅觉的激荡中
我几乎晕倒

把慷慨泡在酒中
小兴安岭激情四溢
无论痛饮万象，还是
小酌日月

香醇路上，残雪生动
疲惫在涌动中返青
归途闪亮
我的脸上
写满春意

向一片苇草致意

在洪湖，苇草们探头瞭望的眼神
像极了当年
那些眼观六路的英雄
临风不乱，坚定、机警

它们父辈的旗帜
曾掠过湖面
召唤芦苇们、香莲们、菱角们、稻米们
游鱼们、岸柳们、浪花们和白云
一起，为赤卫队护身

风雨中走来的生命
都有不怕浪打的基因
如今的洪湖，到处都是
百折不挠的身姿

去汉中

握住一条高铁的脉搏
切问一座城市的密码和索引

于黄昏之前遁入
我的迫切，大于
先辈萧何

飞将军明修栈道，拽上
仗剑天涯的汉字
多少壮志，于月下暗度

问周幽王情归何处
褒姒归隐。把金银细软
藏于春日

太阳，被晨鸟划破脸颊
鲜血染红江面

那个打马而归的人
一步来迟
没赶上，飞跑的城市

成败无非功名

而不到汉中
你甚至，不能叫
汉子

在婺源，油菜花的悲悯是有限的

送走早春的芳菲
星江河把金黄的诺言
于饱满之前封存

四月，婺源葱郁一片
放眼四野，在篁岭的绿波里
有多少浓郁的期待
弄丢了绽放
那些来不及表达的心结
寄养于月亮湾
等待来年

而这，对那些迟归的
蜂蝶而言
错过，就意味着
一生

夜宿“瑞园”

在庐山，那些石鸡石鱼石耳们
比我活得自在

在如琴湖，我没有听出
弦外之音
而在芦林湖，草木们于夜风中
随意哼出的小夜曲
都比那些精心装饰的传说好听

下榻“瑞园”
把眼睛、耳朵、舌尖和心
做一次整理
夜雨敲窗，提醒我
在庐山，做一次自己
多好

蜀地辞

蒹葭们在《诗经》里
早已白露为霜
而在川中川南的秋风里
依然鹤发童颜

一幅《长江万里图》
把大千先生一生的蜿蜒拉长
乡愁破土，耸立
枝繁叶茂

在遂宁，一座白塔
试图点化凡尘
灵泉寺，在渡鸦的方言里
不过一筐龙门阵
侧耳，几只小麻雀
正乱点“不二法门”
桓温和涪江都不会想到
一位草根诗人，会在千年之后
翻越秦岭，于川南
见证一条江水认祖归宗

而在蜀南竹海
无论竹子们摇头

还是首肯
也不管它们是为谁列阵
我义无反顾地来了
只想为一段正在拔节的时光
助阵

磁器口

瓷器的碎裂声，不绝于耳
江姐一转身，历史就走远了
留下深深浅浅的伤痛，在十字路口
曲曲折折地徘徊

在此之前，还有巴人的鼓声
从东部乘风而来
召唤一条江水，西征

一步之遥，英雄永不回头地走了
坛坛罐罐们空守一片瓦砾

如今，硝烟已爬上山头做了云彩
偶尔走下来沐浴身子
那些失手碰裂的宝贝，在博物馆
颐养天年
闲适的时候，到学校课堂里走走
日子都很巴适
而我，只捡到
一块碎片

一朵三角梅在枝头上张望

在阆中，时光缓慢下来
那些窗棂上的眼神
把温厚送给每一位外来者
简洁明了

一朵三角梅在枝头上张望
眼里盛开嘉陵江的晶莹
和芬芳，面带水色
此时，几只家燕在檐下
交头接耳。初秋的风
用川东方言窃窃私语
我真担心，一场感情纠葛
会在某个角落
冒出头来

如果时光倒转四十年
或许，那眼神
也会将我焚毁

在李庄

八十年前，长江岸边
一座千年小镇的身世
被一群书生注解
那些倔强的刻度和悲愤的智慧
托举一个民族的矗立
一支歌谣的疼痛
瞬间洞穿人间春秋

如今，老屋们
在时光的庙堂中
颐养天年
透过黄桷树的长须
我试图读懂李庄
哪怕是一点

泸沽湖

从草海到亮海
泸沽湖走到了宽处
一座走婚桥皮肤黝黑
小高山的牙齿已然关不住风声

湖畔，蓝色的雾
正摇动，一枝格桑花的长裙子
晨风唤醒太阳
湖水，满面红晕
几只早起的水鸟
擦洗湖面，泸沽湖
眉清目秀

此刻，一支粉色的歌谣从水下
刚刚探出脑袋

在丽江，巧遇一张纸片

“你说，带我去重庆、去西藏，
而我们却结束在了丽江……”
丽江的一个小饭店里
我巧遇一张纸片
一朵花凋谢的过程就发生在
不久前

在丽江，有太多的等待和眺望
还有月光的味觉、阳光的尺度
而在某些高点
例如，一株秋海棠的花瓣上
雨后，泪光越过街面
绝非一米的长度

水草们摇曳，秋菊盛开
纳西夜歌，正逃离
昨天的活法

风，轻抚大理的肌肤

蝴蝶泉从一首老歌中
走出来，嗓音好听
苍山洱海清丽如许
大理的风，清香
且生动

时光从容，即使坐拥百年沧桑
大理的秋，依然让一些眼眸
再次晶莹

有人祈求三圣塔点化步履
有人在洱海洗心
有人指望苍山的风
拉长过短的目光
有人，为了爱情

而对一双不再年轻的眼睛来说
能看到，云朵怎样走进蓝天
微风，如何弹唱水面的皱纹
就行

向南，再向南

从川北到川南
再到川西、川西南
从秦岭之北出发
到彩云之南。如果换一种方式
本是一条笔直的路
却让我生生走成了“N”形
这多么像曲折的
人生

自打来到世上
母亲就希望我走一条好路
平坦、宽阔
譬如春有和风，夏有
阴凉，秋有斑斓
冬有暖阳……

我曾汗流浃背在路上
脚印，雕刻在岁月的节律中

一些东西散落了
因为我早已疲惫不堪

而今南行，暖意残存

山花依稀。只是不知，余下的路
还有多少时光，能让我
继续挥霍

乌蒙山，赤水河

夜行赤水河谷
一条路，清晰可辨
蜿蜒而漫长
这多么像八十多年前
一支队伍远行的信仰

晚风荡漾
乌蒙山于胸中磅礴

月亮在树梢呼唤掉进梦乡的影子
风，已远走他乡

橘子洲头随想

一艘巨船趸停经年
承载少年风华
百舸阅尽碧透漫江
梦想指点江山

浪花呼唤星星
点亮远眺的眸子
扬帆或者起航
岁月珍藏波涛的激昂

与江风携手远行
直面路途的崎岖
春风浩荡
热血汩汩喷涌

拜将坛

一只手握剑戟的鹰隼
在雨夜折断翅膀
那是胯下之辱啊
阅尽两千两百年沧桑
来到岁月高处
接受这个春天的拜谒

楚河汉界，山河俊秀
刘邦于弹丸之地
舞动风云。汉沔之水
绕过一个王朝的欲望
在远方召唤葱茏

羽翼纷飞
韩信的计谋发酵于汉水之畔
在这个月夜
有一对星星，正试图
再度陈仓

九寨慕涛

从天堂走来的姿势并非顽皮
目光清澈，步履轻盈
诺日朗、珍珠滩，以及
那些波光翘首的地方，梨花开满崖头
音调雄浑，几许明媚
蜂蝶把四季归纳为春天
羽翼生动，飞翔的姿势透着豪迈
鱼翔浅底，以鸟的姿态表达宁静
阳雀的呼唤不再混浊
心，澄澈如镜
远行或者蜿蜒，路径
清晰可辨，浅笑
五彩纷呈

壶口雪意

纷纷扬扬不是壶口的个性
雷霆的姿势，托举
雪的表情
高原情怀，以及
一部史诗，为序为跋
远行与跌宕
天地兀自洁白
远处，大海辽阔，苍穹高远
清风徐来，催发飞天的冲动
悠远的步履，丈量
一个民族的胸襟
汗水渗入泥土
黄土高原，雄浑而苍凉

太湖秋石

身板很硬，柔情很软
把所有的心愿，都凝固在岸边
脸眉及其苇影和桂香
温润又柔和，眼睛里
忽闪着粼粼江南
鼋头渚、泰伯、阿炳
以及阿福阿喜们放歌，或者荡漾
风骨并非凄婉

“包孕吴越”
一池残荷，凋零了年华
江南，愈久弥坚

品茗湘西

从邵阳向怀化，再向北
雪峰山面无表情
秋雨的方言并非易懂
修竹摇曳清香
邀我品茗湘西

雨洒山野
两把菜刀打磨着岁月
荆棘道上，走着
铿锵的名字，唇边
蓬草茂盛，额头小路蜿蜒
风吹云散，太阳不再躲藏

小船弯弯，清流
荡漾着翠翠的心思
风，喊一声傩送
边城从此鲜活

俚曲在山涧缠绵
小背篓装着童谣
苗家妹子陈酿多情
眸子里斟满湘西
晨光醉红山头

豪饮暮色，我

一醉不起

雅安归化

女娲以缭绕的心语抚慰川西
雅安动容，泪水纷纷

大渡河、青衣江步履轻盈
每一朵浪花都是河流的心意
黄桷树老态龙钟，胡须牵着从容的故事
二郎山、碧峰峡以及
上里中里们思绪涌动
一个字翻越远古
把青藏高原和天府一起镌刻
雅安并不羞涩

苇影婆娑，摇动我潦草的步伐
归途苍茫，魂魄遗失在川西

阅读重庆

歌乐山的雨，总是不期而至
过早地打湿那些云游的英魂
从山涧走进潮润的太阳
每一次干裂，都隐隐作痛

云朵擦洗青山
霞光把莽原剃度
深埋的名字在雨季发芽
每一片叶子都是旗幡
列阵或者行进，清一色树的姿势
挽臂既温婉又坚定

枯萎或者盛开，芬芳并不嘶哑
岁月筑巢枝头，在阳春时节
把每一根草木
切切地呼唤

行摄延安

聚焦总有景深的惶恐
取进了高山，却忽略了平川
暖色点燃镜头的冲动
清晰了太阳，却
模糊了树林
延安，让我顾此失彼

我让朝霞，拉一道时空的背景
镜头前摆放着，宝塔山王家坪
凤凰山和杨家岭……
请雁阵裁一片蔚蓝的长空
把太阳搓成金屑
撒满岁月的峥嵘
把霞光织成绒毯
扯一缕柔软的清风
蓝天下走着领袖和白羊肚手巾

献上信天游编织的绫绢
手捧往昔的荣光和今日的豪情
在晨风的清唱中
把历史定格

行摄吴起，红军的双脚

开掘不屈的征程
与直罗镇合影
岁月用胜利总结长征
放大陕北的景深
黄土高原，飘扬着自由和尊严
调定南泥湾的微距
延安瓜果满川，花篮的花儿
芬芳四溢……

把荣光举过头顶
登上敬仰的高地
我的视野，从此宏阔

穿越秋雾巴山

大巴山雨雾缭绕
气息都很生动
群山欢愉。斑斓在前方摇曳

想象是一粒飞奔的种子
稼穑述说穿行的心境
落英饱含隐喻

泥泞破解暗语
苍茫端出最好的意境
而召唤我的是西部的河流，还有
日益延伸的期许

西江千户苗寨

黔东南的山坳里
苗家山歌传唱千年
把一个寨子滋养得清丽可人
晨光悠扬，暮色柔婉
每一株红蓼都脉脉含情

白水河演绎洪荒
小木桥述说经年风雨
每一道年轮都直通远古
蚩尤根脉绵延，乡情繁茂如荫
土地用坚守做最后的注释

吊脚楼盛满苗家的暗语
夜歌依恋小窗的羞涩
多情弹拨思念
甜蜜的泪珠总在月圆之夜
高挂中天

夜行苗岭

从都匀到河池
我在夜色中收获景仰
苗岭是海的气息

苍茫泼墨秀色
每一次深邃都很厚重
岸在前方挺立

远行的扁舟踏浪而歌
胸膛洒满晨晖
一部史诗于靠岸前完成构思

眸子在天边晶莹
浪花拍打船的心思
苗岭以逶迤的身姿
集结远航

龙脊梯田

蜿蜒于苍翠之间
山的歌喉就悠扬了
所有的谣曲向高处盘旋

壮家的期盼依山而立
晨光再次饱满，涓流长吟农耕
春绿秋黄都是泥土的意境

山风歌别稻影
峻峰眺望云的归期
而此刻，我只愿做一粒音符
散落在漫山的曲谱中

米仓道

一条山路修炼千年，成了精灵
常年游走于米仓山水
南到巴蜀，北到陕南
足音也葱茏了
连背夫的俚曲都有些茂盛

在蛇道上行走，我的内心是纠结的
为欠缺的脚力
那些高深莫测的崖壁，总让我胆战心惊
特别是暴雨们倾泻而来，山石砸伤了小路
我却不知所措

不知道
该如何为那千年精灵疗伤
此刻，真希望路边有个茅庐
让我进去避雨，整饬恐慌
在岁月的宽恕中
期待新的光芒出现

骆家坝

翻开三千年的枯叶
一粒脱离队伍的种子
逃过生死劫难
沿着米仓古道的暗示
隐匿到翠绿之中
从此，便有了葱茏的乳名

一旦扎下根来
岁月就变得丰盈了
时光疯长，直达葱郁
每一粒方言都很饱满
把历史喂养得丰腴挺拔
也把我潦草的追寻迅速填充

趁一轮满秋即将升起
我打算，手握弯月
颗粒归仓

郑国渠

北仲山下，郑国湖憋了一肚子话
悉数交由春花们代言
那些宽窄、曲直不过一哂之事
流淌千年的悲欢也被删繁就简
不说多舛的身世，抑或放浪形骸
但我必须知道
眼下的光景

从泾河到洛河
三百华里的距离，足以
让后世重新构思步履
续写波澜与壮阔
并让人间找到真理，鉴别
清浊

多想摘下太阳
挂在一个人的胸前
以歌颂他对秦川大地千年的惠泽
稼穑和苍生得以茁壮
那些麦子，豌豆，苞谷，土豆，线辣子，芝麻粒
摇身一变，成了蘸水面，肉夹馍，麻食子，大锅盔
在人们嘴里争抢口碑
把尘世的温饱

和一个王朝的名声拉长

一条水渠，失去早年的好身段
面带沧桑
而此刻，我却听到
关中平原汩汩流淌的脉象

在东山岛

海风拥我入怀
如此亲近东山的晚秋。阳光
拼劲不减。掬一捧闽南方言
秋意侵骨入髓
移步海岸，于木麻黄树下歇荫
在一块礁石边俯身，海水搅动
唇齿风云
阴晴之间，海峡对岸
似有杜宇、明月、彩云
啸鸣，此起彼伏。踏浪而去
海的身躯扭动起来
难道是我，踩痛了
大海的神经？

在浮梁

在赣北，一座古城
把自己多舛的身世张贴在大地上
三百一十六块瓷砖，将老祖宗
引以为傲的荣耀和秘密
毫无遮掩地晒出来
一千七百年的奋斗史，被我肤浅的脚步
十分钟走完

那些矗立的牌坊拿出当年的威仪
功名利禄，昭告于世
可我分明看见几株固执的小草
立在它们头上

一堵老墙，把新老县城分得清楚
有斑驳的恩怨，还有
脱落的情仇
而墙里墙外的修竹们
早已伸过长臂
握手言和

娄山关

黔北峻岭用一部史诗的颜色
描摹苍山残阳、雄关漫道
八十余年的穿越
响亮的阵列依然生动
信仰巍峨

小尖山挺立如初
云朵追忆硝烟的身世
泥土的喘息此起彼伏
穿梭或者逶迤，踏遍青山
只为在雨季播撒一粒种子

夜歌的长臂挥舞在黎明时分
晨光如期抵达
那高高低低的呼唤
催发草木的春梦
群山，从此苏醒

这个春天，我用双脚掘路

这个春天，一些事情正在返青
心，已远走江湖

我用双脚掘路
为一些色彩的气息，寻找
诗的方向。大巴山之南
蜀地的修辞开遍山野
一朵，足够我拜读一生

布谷专注于云的耳朵
明媚的心事将被悉数说出
远处，那些起起伏伏的山水
和霞光，把我过于匆忙的目光
和几分潦草的脚步
一遍遍校正

雨雾歌乐山

带着雨水的身影
一旦走进童年，就注定了
你这一生的阴晴
那些从小学课本里走来的名字
让我的记忆反复湿润
一座山悲痛到极致，也会流泪
愤懑萦绕于心头
嘴闭得很紧，头扬得很高
连风都一脸肃然
今天，我从云中请出太阳
送来久违的心动
面对你晴朗的名字
我却唱不出一个字来

朝天门意象

眼光高了，心就野了
连云朵都是天边的好
两条长腿步履轻盈，不曾停歇
前脚刚达秦巴山地
后脚已到青藏高原
门前还有一江好身段

八达岭的风

迅疾或轻盈都掖着主题
像进京赶考的儒生
云做衣裳，有飞天的冲动
身后目光摇曳
像一条丝巾温软又柔顺
呼号或絮语与路途无关
疲惫了，就像龙一样蜿蜒地歇息
不必步履匆匆。只是
芬芳，总在远方淡淡地孤寂
蓊郁或斑斓，悄然又舒缓
该去的地方，都是花季

静静的剡溪

一条河，放下自己的好身段
走过溪口，步态优雅，气息平和
在磨损的岁月里
静穆

一棵华盖如穹的小叶榕，惯看
秋月春风
牵住剡溪的小惆怅
把一片山水染绿

一个小镇的秘密
被几粒春雨抖搂出来
有的落地生根，枝繁叶茂
有的入土为泥
而有的，随岁月之河而去
不知所终
剡溪静如处子

渼陂湖

一尊名为“白泽”的神兽
昂首于湖边，口阔面善
爱说“人言人语”

尘世间，有太多的鬼话云游于江湖
而一只野兽
却闻到乾坤正气、天下美好
正试图皈依人间，说人话
这，让我肃然起敬

湖水澄澈，是天公的一滴清泪吗？
这方土地，有过混浊和蒙尘的灵魂

此刻，那洞穿春秋的眼睛
仰望星空
而湖面上的清风正悄然走过
嘈杂的凡尘

阳朔水竹辞

山以阳刚之意呵护柔美
阳朔婀娜多姿
渔火点亮蓊郁的歌谣
修竹轻挽晨晖
把破晓的仪态演练

一曲笛音流淌千年
突兀以舒缓的姿势弹奏雨季的淅沥
翘首低回，道不尽远游的牵念
缕缕情思总在梦中缠绵

暮色牵手远山
生命托举远眺的目光
祈愿与前方有关
蜿蜒或者伫立
水流淌，天高远

极目楚天

黄鹤楼是一座灯塔
点亮龟蛇二山的目光
远处那些矗立的盒子
藏着楚人的宝贝

岁岁龙舟竞渡
追赶一部典籍的云游
千年敬仰在民谣中耸立
鱼儿传唱流淌的故事
激愤斑驳于岸
那悲壮的祭奠总在原野上
如期盛开

楚天高远，每一片云朵都珍藏历史
而翱翔于天的不仅是屈子的故事
还有那高贵的心愿

大足石刻

一阵滂沱大雨
把我未曾备份的虔诚
洗劫一空
祈愿出逃
混迹于乱世江湖
门不知在哪儿

崖壁的眸子拒绝暗示
修竹点到为止
泥水被苍天随性地放逐

空气太清新了，我试着取出
一生的脚印让你过目
请用你的法眼，看我是否
一世清白

望夔门

神女拉开大门
把一些身影迎来送往
这里不设门槛
来去自由。一扇门
放生了多少灵魂

沉在深处的心思
浮出水面，出落成云朵
奔赴霞光，成了太阳的妃子

目光的爪子从前朝崖刻
拽出一片岁月
捡拾纤夫们额头遗落的魂魄

那些游弋的刀子
一次次剖开江水的肌肤
试探鱼的定力
眺望夔门，我的眼睛也被划伤

白帝城

夕阳洒下来的时候
我正渡过河流
试图在与月亮会面之前
走进一座城池

在这里，我见到了杜甫、白居易
刘禹锡、苏轼、黄庭坚、范成大、陆游们
李白的心思在漩涡打转
两岸猿声，在诗人胸中上蹿下跳
那只从唐诗里解缆的轻舟
跑丢了，去往江陵的水路

而此刻，我只想邀约太白先生
于月下饮酒
听他于微醺时，对着西汉的公孙述
狂唤：夔门归我
彩云归我，两岸猿声归我
轻舟归我

川江态

怀揣一段漂泊的身世
乘着薄暮上路
风，轻抚山的疤痕
掀开草的痛处
那些在水下隐身的暗喻
无须再度破解
走得多了，就知道深浅

朝霞映在夔门上，指出一条生路
一条江终于归顺了
远行的船，谁愿意搁浅在滩上
眉梢，镌刻着海浪的节奏

江天如此辽阔
此刻，我必须以浪花的名义
明示那些浅游的水鸟
怎样捕捉一条江的深度

三峡秋雨

雨水砸下来的时候，一条江
都哭了
群山垂首，仿佛在为一位诗人
招魂
先生，我来得有些迟了

我无意追赶一位诗人的足迹
在峡江凛冽的风中
我与屈子不期而遇
一起小酌，问天、问地
唯独不问风月

远山的牙齿，关不住汹涌的风声
嚼不烂旧时修辞
弱小的楚辞，撑不起一座江山
胸中瞬间被洪流浸满

如果时光返回两千两百年前
我同样别无选择

雨仍在下，我简单的行程
又一次受潮

一棵茶树，只跟云霞谈论意境

一棵茶树，站在梅岭的皱纹里
翻开前朝典籍
点化陆羽还魂

与清风谈古，也跟朝露论经
耳朵被塞进庙堂
听张扬唇舌在杯中浅薄
那些身怀绝技的辞令漂起，又落下
茶树无语

山的意象被晨雾激活
通感走上高处
此刻，一棵茶树，只跟云霞谈论意境

在梅岭

在梅岭，茶是绿色的
《梅岭三章》是红色的

开在梅岭的诗章
内心刚毅，面相柔美
崖畔或路旁情同手足，无须修饰
瘦弱的笑颜走上峻岭
山，不再沉寂

如今，英雄已走进史诗
绿肥红瘦，或其他
而茶树和山花依然健在
诗意，渐浓

一条道，长满古今修辞

一条金牛和美女踏出的小道
在今夕，被山风牵引，再次走上云天
一阕前朝修辞播撒于剑门山野，长成康庄大道
往昔和今世通透无比，毫无秘密
小计谋与大江山，终于
大白于天下

硝烟爬上山头，一次变脸
便成就了云彩的名分
渲染山河，绿色不再是寻常的事情
蜀地，遍布安逸

燕雀啁啾
有人间喜悦盛开于山乡，余香缭绕
惊诧，被含苞的眸子一一备份
从此，关于一条道的新词
在关山内外，遍地芬芳

天井峡地缝

把目光插入深处
与陨落的星星相会
我绝口不提当初

那些遭遇雨水的狂想，滴落下来
稍不留神，就摔成了流萤

与其这样，何不托举一丝星光
坚守自己的天空？

昨夜，长江从我胸口流过

昨夜，长江的步履再次温婉
这正符合血脉的节奏
在一艘叫“新高湖”的游轮上
江水简化睡意
流过一个北方汉子干涸的胸口

面对浩瀚和深邃
你必须放低一些东西，包括身段
如同游鱼。唯此，方能于清流中
仰视浪花，俯瞰流沙

做一条长江之鱼
需要定力
而这，却是我的短处

从巴东折返

峡江转弯处
水之步履有些慌乱
风走东西，桥跨南北
土地沉默不语
山峦逶迤，月挂中天
那些石缝里偷窥的眼神幽如磷火
龟裂，像撕碎的亡灵

早年冒芽的良善
曾被翻涌的欲望一次次掩埋
执念堪比北宋的寇准
自从开天之镬沦陷，目光嶙峋
山峰日渐消瘦

南国月色，从此
饱含离殇

晨光试图拽住远去的涛声
风，咬断缆绳
一场救赎失控
眼下，我只能用陈酿的虔诚
祭奠那些镌刻在峡江高处的慢时光

让心重新起步
风一程，雨一程
我一程

第二辑 故土苍茫

于天池岭上背光而坐

远处的汉江像一道孤烟在天边升起

崖下，疯长的楼群已齐山腰深

江城茂盛，爨薪之皿

盛满陕南丰腴的烟火

◀ 江城白河 摄影：肖照越

谷雨

在老家，谷雨是男人的命符
即使星星和雨水一同掉进田里
男人们也只稀罕雨水

在二十四声鸟鸣中
那是布谷鸟留在暮春最后的喟叹
——欣喜和遗憾都是它了
等待湿润的谋划
在这个季节
变得饱满起来
麦苗和豌豆都有了自己的活法
那些始于春天的灿烂
回归矜持，个个站姿优雅
风，撩开山色，肌肤鲜亮
一场孕育正在路上
那是农夫的好日子啊

而北归的雁阵牵一片春光
去了北方以北
冬季以前，不再回来

父亲在这个春夜
把一颗星星种进烟斗
明灭由它

茶

从秦岭之南出发
越汉江河谷
钻进一只翠鸟的喉咙

在鲜嫩的纹理中
寻找出发的路径
一阕绿色修辞，被乡间民谣
带过南方山野
在南亚、欧洲和非洲
生根

从此，在秦巴山地
路，瘦成绳索
勒痛远行的乡愁
沉浮的岁月
被再次拉长

到母亲身边去

风在枝头招一招手
天池岭就打起了精神
走在阳坡的夕光翻越憔悴
拽出一个好春天

暖阳下，母亲发丝枯槁
双目混浊，双耳寂静
几粒返青的鸟鸣似乎与她无关

三十年啊，我曾
怀揣母亲的目光
于苍茫中，寻找那些耸立的理想
如今，我放下群山归来，却拿不出
一副挺立的身板
还给母亲

在父亲墓前

您一生挺拔
一辈子唯一的弯腰
是在奶奶灵前

您爱坚硬，无数像骨头的物件
在您肩头折断
而您没有
西屋墙角那根磨损的扁担
是您钟爱的东西
被留下来，给您老迈的记忆做伴

我曾试着站立成您的样子
托住岁月的硬度
面对那层出不穷的碎裂声
我没有惧怕

而此刻，在您墓前
一阵山风的叹息
却让我和一些草木
直不起腰来

平安绳

坐拥明清雅致，与汉江称兄道弟
一条溪流熬到这个份儿上
也算圆满了

于我而言，它是儿时玩伴
是饥馑年代外婆拴在我腰间的平安绳
溪边的每一道险处
都雕刻着外婆瘦弱的牵挂
闭着眼，我都能
准确走进外婆细小的念想

如今，你华贵如许
那一年一度的迎春灯火
曾照亮几多远归的乡愁
而我，却再也无法在溪边，找到
去往外婆家的老路

那年秋雨

几粒鸟鸣滴落下来
整个陕南就被打湿了

我是母亲在雨季
遗落的一粒种子
自落地生根
母亲的光景就阴雨绵绵
洇湿的日子如同门前泥泞的山路
母亲的叹息比山路还长
晴好天气，母亲打算晾晒那些冻僵的心思
有山雀放肆地啁啾

母亲操心秋禾是否饱满
我担心，雨水让收成烂掉
这时，我总是送去毫无把握的安慰

大巴山的雨季时长时短
我在年轮的暗示中缓慢地拔节
芽苞呻吟，任岁月粗糙地反刍
我固执地希望，站在高处
举一轮太阳
照亮母亲的忧愁

厚子河

来自哪里，我不打探
去往何处，我也不过问
自从走进我的心里
血液就有了奔腾的冲动

蓬草间，有河水远行的足音
云端处，太阳把饯行的盘缠，和盘托出
长风怀揣稻香，播撒于风情故地
让那些离巢的小鸟
托付终身
这个季节，事情很多
我真担心，故乡的云朵滚落下来
伤及整个秋天

面对一条瘦弱的河流
我羞于提起自己的丰腴
对于昨天，我无话可说
但从今天起，我愿把自己
交给清澈

对一座山的嘱托

太阳离开的时候
整个山都瘦了
外婆离开的时候
我的心也瘦了

外婆执意回到老屋的樱桃树下
她说山里雨水好
一场雷雨之后
外婆搬到了新家

从此，我怕听到雷声

我托月亮捧着满盘思念
打探上山的路径
月光泼洒满地，冻伤了夜风

今天，我把心愿交给一座山
作为底垫。请照顾好我的外婆
清晨或黄昏，我希望
在异乡的窗口
看到外婆门前
挂满我遥寄的云朵

放下群山

习惯于早晨自然醒
一阵固定操作之后，跟着老伴去航开路
或神州四路菜市场，看望田野来客
那些绿色成长史早已烂熟于心
如今，已不再是重点
重点是周六的等待，等待
忙碌了一周的孩子们回家
打开天伦之乐

春秋季，有空闲
偶尔到太阳地里，看邻居们
翻晒家长里短
而冬夏，大多时候都是猫在家里
用日渐柔软的悲悯，去捕捉
窗外凉热

我曾用双脚掘路
试图做一次痛彻的抵达
也曾在一片秋叶的纹理中，梳理枯萎的索引
习惯于纸上风景
总被一些疾患的文字
纠缠。说好了放下群山
却又因疼痛失眠

四十年后，故乡的那棵老桃树
把我拉回十六岁
我从胸中取出残存的澎湃
再一次送汉江远行，桃花飘零

此时，春光正从一座山的额际走过

黄昏

一座山，跪在夕阳底下
泪水流过故乡的原野
晚霞之骨碎裂于
归途
风，登高一呼
所有草木和石头
都向大地母亲
躬身忏悔

山道如鞭，抽在我的痛处

近年来，病痛越来越多
那些不愿看到的刻度
渐次上升，却没有一个，配与
老家的山竹比高度

我寻遍良医，也曾
寄希望于某些读本
有一种病痛，三十年来
一碰，立马就发作

五百年的山道，走着
疾苦和祈望
祖父把山道搓成一条
长长的鞭子，抽牛，抽羊
也抽父亲，之后
父亲接过那鞭子抽我

如今，祖父和父亲撂下鞭子走了
那抽痕，还时常在梦中
把我疼醒

夺命

一根绳连着这头和那头
眼前划着中线
这头，站着医生、亲人和我
还有听诊器、B 超、CT、多普勒、超声波
和呼吸机……
那头站着疾病、棺材、坟墓和悼词
长绳中间，系着小红绳的牌子上
坠着：命

只要父亲体内任何一只妖孽醒来
响动，就是开拔的号令

两头都在发力
我却不能自作主张
我知道，这头，是命
那头，也是命
此刻，我唯一的选择是
在这头，使劲儿

山村祭

松树垭老矣，牙齿
早已关不住风声
葫芦寨也已谢顶
山腰的云朵依然相信
我曾那么年轻

那些年，骄阳与汗滴争宠
山野的石头柔软下来。日头摇曳
稻禾让出晦涩的宽度
狩猎人拔出山涧的钉子
山风起，人间闪烁凉意

村庄的内疚，长在
岁月的穴位上
一碰，就疼
我已无法返回

树忆

一棵树不谈身世
哭儿沟的风从低处爬上来
挠痒痒

老万家的瘸腿母牛几声干号
丢几片残叶给冷秋，缝补丁
王婶的潲桶蜷缩在屋檐下
豁着牙，到死都没关住风湿的呻吟
张木匠老婆的手爪子会说话
吊出的甜秆烧
一次次点燃陈酿的俚曲

一面坡的念想都长在父亲的皱纹里
却从未喂饱过光景
树，最怕听到半夜刮起钻裆风

风，终究还是从音匣子里伸出了五指
梳理沟壑、小路、坡地和秃顶的山峦
指望来年暖春，催发阳气，遍野生发
一棵树，从此站成人的姿势

红石河

一条河，怀揣云霞
秉性就不一般了
连气息都风情万种
而每一次涌动都试图练达
步履矜持在晨晖的方向
眉宇绽放质感

那些宽宽窄窄的小脾气
都与前方有关
一旦说出浪花的秘密
心就汹涌

终年蛇行于山间
履历上写满弯曲和陡峭
一路奔向大海的狂草
收笔全是王道

一只鸟，用鸣叫点化人间步履

一只鸟，要走自己的路
那些本属于天空的想象
在一座山的纹理中
寻找今生和来世

于是，在锦鸡寨垭口
一条道修炼出凌空气质
上面布满竹叶的动感和秀色

秋晨，一只鸟用鸣叫
点化人间步履
一位草根诗人把双足置于鸟道
校勘偏移的刻度
此时，太阳从云缝中
递过尺子
林间刚好飘出意境

故乡的性格

故乡是一碗酸辣面
自从喝了汉沔之水
便有了秦地凉皮的性格

往往在夜间，柔软如蛇
一梦醒来，便把岁月摔打成鞭子
又长又筋道
抽在身上
很疼

那条河

目光放回原处
那河依然年轻
而这个春天的芳华
不再属于我

窗外的白杨把故乡之音
从少年日记中哗哗地读出来
描述一条河的远足

那阕早已在唐诗里安眠的短句
潜入夜色深处。远山熹微
我已抵达两条河的交汇处
而河，在最后时刻，才把
宽宽窄窄的旧事
绕着弯，透露给我

长安塔

一个源自西汉的构思
被岁月磨损得如此这般
只有你还孤独地站在寒风中
像条汉子
此刻，夕阳亮出分身术
一半给耸立者取暖
一半给世界
当灯

冻土

原上深冬的风
于月白之夜送回骨头
雪之暗语在季节回暖时节
松开潜逃的动机
土地与晨雾交换信物
深探之手，把坚硬拉回时光高处
夜风抓住北原的胳膊
一场社火在不远处上演激情
万物等待春天开门

社戏

从岁月深处端出江山社稷
一招一式尽显帝王气象
柔声化雨，或喝令山河
一个王朝在原上铺展开来
城池内外，烽火连天
苍生憔悴
秦地古曲在寒风中渐次生动
目光突围的边缘
一场大戏陷我于困苦之隙
回眸一瞥，星星早已洞穿所有的疆土
此刻，我才刚刚入戏

母校

三十年前，我离开故乡
五年前，母校搬离原址
如今，我与一个名词携手走进春天
母校依然年轻
而我，却把青春
洒在了路上

一棵狗尾草于蓬间招摇过市
高处的云朵把我羞涩的目光
完整地擦拭
让我对一个远去的身影
再次仰望

遗产

父亲曾是一名地质队员
常年跋涉于秦岭南北陡峭的山水
把青春置于险处
落下的腿疾使他的后半生，步履
再也没有矫健过

后来，他回到了家乡
当了一名公路道班工人
路，更蜿蜒，更悠长

父亲走的时候
正是2017年“五一”
应该是苍天认可，让他把一生的勤勉
装箱，以节庆的方式
带进坟冢

只把力量留在人间
留给我

一条河到底能活多久

年岁比祖先还老
容颜却很年轻。三分姿色，七分涌动
款款步履依然迷人。只是一路棘刺
让原本细嫩的肌肤布满划痕
咀嚼酸涩的野果，牙齿不再晶莹
我真担心那瘦骨嶙峋的胸部
能否熬过这个寒冬
远方，丰腴或斑斓依然旺盛
根须扎在蓊郁间
树上结满城市的欲望
酷热或寒冷，孤苦或饥馑
一条河的命运
群山知道

坎子瀑布

一声吼叫，把整个十月
染成了秋色。秋天
其实很远
我走了多年，依然没有到达

每次都是蹑手蹑脚、小心翼翼
我知道，一旦惊醒你沉睡的身世
一些事情就会轰然倒塌

不说出那些秘密
是因为，我知道你的痛处
稍一触碰，就会血流不止
一旦失血，岁月就苍白无力了

我曾看到你肩扛太阳
热汗蒸腾的样子
累得够呛了，不过吼上一声
那吼声传得很远，为你
劈开前面的路径

顺着这条路，你到达县志一角
而每次闪现，都有气贯长虹的吼声
从坎子上跌落下来
砸痛整个山谷

野猫峡

跟父亲到达的那天
夜色遮盖了所有的秘密
一只山野精灵
从父亲口中蹿进我年幼的心里
狂蹦乱跳

那时，父亲养护公路，也养护我
一响鞭炮和父亲的歌声就能让暗夜
地动山摇
父亲述说如何在陡峭的山里
铺出好路，如何避险
也教我行姿

如今，每当夜深人静
我常常从胸中取出一些东西
包括那片峡谷
远处就会传来野猫的叫声
而我，不再害怕

麻野雀

飞出娘的心巢
在一个陌生的枝杈安家
一双血红泪眼
一份融融牵挂
在粗野的律动中
探索一个季节
探索世界
探索新生
从此，你有了鹰爪掌
坚硬的喙、防寒的羽
你有了你的幸福
——向往

于是，你在奋飞中
静穆，静穆中
诞生，诞生中
辉煌

清明

于天池岭上背光而坐
远处的汉江像一道孤烟在天边升起
崖下，疯长的楼群已齐山腰深
江城茂盛，爨薪之皿
盛满陕南丰腴的烟火

几滴断魂的唐诗
逃出杜牧雨中的酒家，去追赶
那些出远门的人
所有草木都弯下腰身
向一座山致敬

多少悲欢殊途同归，化为灰烬
而在漫山返青的追思里
我看到，那袅袅之影
像呼唤，又像旌幡
猎猎招魂

凡尘遗忘的，山风
都记得

老屋

秦巴山地的一场雨
牵来凉意
风，扯着乌云的耳朵
悲怆铺满大地
洇湿的，有土地、飞羽、石头、人心
和风中呜咽的草木

傍晚时分，雨停了
屋檐上，有晶莹的时光
滚落下来
云朵听到，我也听到

灯河

把灯笼构思成河流
跟一条江有关
汉水不语，一辈子的缓急、清浊
均是脚下节律
把灯笼举过头顶
立春的阳气冒出东坡
山里的日子春风得意
那些荫翳、苦难、血泪、痛苦均因照耀而愈合
竹青翠，云清淡
一条河把一生的跌宕说清
而高悬的河流心里亮堂
这关乎人间情、眼前路
远方天、脚下土
关乎白石河、天池岭、清风沟的运道
关乎汉水巴山的气色和温度
关乎人间凉热

一场春雨，带有几分冬天的忧伤

在故乡的溪流中
一片枯叶，放逐残存的心愿
拯救秋天

山野俚语，从一只乌鸦口中喊出来
晨晖口吐莲花
树杈上站着鸟的眼神
那些细碎的饥饿与亢奋
从未消停

年轻去远方，年老回故乡
我把一生的苍翠
用家乡方言，熬制成
远方。冬意酣眠于前夜
沧海凝霜，雨天返潮
那白，挤出几分咸味
交与岁月品尝

顺着山梁走

故乡的秋雨像鞭子抽打在身上
有些隐痛难以言说，却又
真实而确切

一位农民工兄弟的苦难史
伫立在大巴山上。顺着山梁走
你就会找到“青云小筑”
像路碑，又像一位沧桑行者
筚路蓝缕，俯瞰山川

此刻，眼前云雾缭绕
似梦似幻，如同当年远行的愁绪

沿着秋雨的足音
桂香做伴，心灵回到故乡
一座山的腰杆刚刚挺直

列车开往陕南

天没亮，陕南山水
就来到我面前

车外之物年华般飞逝
窗含卷轴。一条龙，把山河舞动
山坡上，那些稼穑与野草
世代忠诚，守土有责
我仿佛听到嶙峋的乡音
风，依然陡峭

窗内，有最平凡的人间生动

临左窗而坐，镜头抓住半阕山水
而此刻，我最在意的
还是剩下的
那一部分

一片田野开阔于父亲的脸庞

父亲再次回到田野
操持他的农事

庄稼更衣换装。阡陌里
有蚂蚱驰骋。杜宇长鸣的季节
田埂上，狗尾草银发闪烁
雨，徘徊于天边
焦渴再次于晴朗的日子
点燃山风。麦穗俯首听命

深耕，施肥，锄草，灌溉
父亲祈盼好年景。他不懂水文
气象，却把长长的沟渠
不经意引上了脸庞

父亲的田野气象万千。收成
既在意料之中，又在
意料之外

树抓石

四十年前，庄严在前方
一步之遥，来不及回头
时光被一个动词占据
三十年前，四小时的路程
我没去看你。那动词坐拥青山
把一条路弹拨得蜿蜒曲折
四十五年后，那个动词走远了
我的身边，换成了
另一个动词
我依然没能去看你
此刻，汉江晨风告诉我
有的动词枯萎了
而葫芦寨的树拒绝苟且
仍固执地抓着那块石头

好雨

音符在柳丝上苏醒
一只翠鸟唱出巴山老腔
秦岭之北芳菲闹
怎比我，汉江清音
好雨知春。我从胸中取出肖家老屋
湿透的旧事冒出来
门前，小溪急于走出山外
少时的梦被小桥担着
风，正把一支春曲
送往那头

回乡

光阴的修辞在春风里
躁动不安
那些调皮的油菜花
是乡村的晚辈
面对“乡音未改鬓毛衰”
它们争先恐后
叽叽喳喳
童言无忌，童言无忌

打着月光回家

我不是雨燕
飞久了，身心俱疲
我得落地，落地也是为娘

心里有娘，回来的路
再远，也是咫尺
俯视原野，不恐高
心寒的时候，有娘的温暖贴着
饿了，娘的谣曲会从心中袅袅升起

如今，一只倦鸟打着月光回来
窗里窗外，月光流淌满地

心祭

今年“五一”是父亲
一周年忌日
他大半生当道班工人，其实
就是跟泥土打交道
父亲选择这个日子去往天国
我想也是顺从天意

从童年开始
父亲就把“好好读书”灌在
我的骨髓里
文字常常长出新绿
冒芽、开花、结果、落叶
年复一年
父亲不多谈收成

如今，我读过的书
早已超过自己的身高
写出的文字却不及父亲
的扁担宽

夕阳迎面而来
身后的影子比我身体
长了很多、很多

水城白河

一粒被时光磨损的石子，披着月光
跃入白石河的胸腔
打开水的年轮。故乡
被思念拉长
长过一条汉江

先秦遗风塞满沟沟壑壑
我却是一位不及格的后人
那些虚妄的跋涉，远离故土
错过故乡最动听的桨橹声

离别三十年，夜深的时候
我试着，从胸中取出一座水城
投向文字深处
一泓波纹荡漾开来
洇湿整个诗章

父亲的土地

一生都在躬耕这片土地
最终，他把自己也耕成了一张犁
他用他的身躯躬耕岁月
也躬耕母亲那遥遥无期的期盼

用脚板丈量四季
冷暖全在脚底
如今，父亲的眼光早已模糊
只有蜿蜒的沟垄
依然清晰地布满土地
也布满父亲的双手和额际
还有那粗粗细细的脾气
父亲担心土地的收成
更担心土地的命运
每当电视里传来关于土地的不幸
父亲总是紧锁双眉
仿佛雷电击中了他的神经

光影安康

一轮自 1740 年出发的慢时光
驻足陕南山水，月满汉江

一座城，我生活了三十年
三十年啊，足够把一份情感
打磨出金石光泽
可如今，只有那淡淡旧辞
雕刻在岁月中
只剩微凉

当年，一些该说的话
当着月亮的面没说
包括山的表白
水的暗语，风的
隐喻……
如今，再也无法说出
仰望夜空，只剩下
一轮残月，半阕闲愁

回村

回村之路日渐消瘦
路边的野草气色都很好
初秋，大巴山深处的风
生动而饱满
如同我日渐丰腴的思念

老支书不在了，木匠吴远才不在了
猪场饲养员周婶也不在了
秦家兄弟只剩下秦老二
他们的命都输给了时间

老队长还在
只是，1962 年印度人
植入他体内的那颗子弹
和困苦岁月雕刻在内心深处的痛楚
一直没有消停
不间断地撞击、撕扯着他的晚年

打开旧时光
老队长把四十三年前
知青岁月的纹理清晰地摆出来
那些不该表达的歉意
充盈眼眶

那曾装满躁动青春
和不分青红皂白的老房子
如今只剩下一堵墙
坐在残垣断壁上
我知道，我们的根基还在

春晨

太阳还未露头
县城对面的纱帽山
就开始，口吐莲花

那些冒芽的词根
正向树梢缓缓集结
风，捎来好消息
山那边，春天已经出发

背阴处，几块不大不小的疤痕
还被雪敷着，而阳坡，草木
已开始舒展筋骨

老牛的嗓音比山风浑厚
雄鸡，把一座山喊醒
小溪沿老路出山
太阳从农人身后赶来热身

山的急切被一缕早起的风牵着
晨光，正给一个全新的修辞
润色

桥儿沟

此桥非彼桥。而沟
除了把一座山城
拉扯大
还悉心收捡着
一条汉江发迹史里
最隐秘的
细节

天池岭

三十年前，岭上
常常有我青涩的张望
太阳高悬，照亮我稚嫩的遐想
那时的云朵，总是盛开如荷
我所有的想象尽染花香
目光芬芳

三十年后，我又登山岭
晨晖牵引回归的眺望
太阳口吐莲花
而我的眼眸却无法完成
标准的对焦，几度模糊
好在，心芬芳依旧

云之耳

从原下爬上来
张罗一场雨的佳事
梨花把初春滴在北原唇上
一夜之间
所有的山峁都进入孕期

枯萎向北方逃离
盘根错节的情事除却烦琐
鸟鸣在柳枝生出芽苞
北原脱去冬衣
土地的冲动
不再隐匿

一朵云，好像听到了什么

汉江边

临水而坐
杯盏之外，夜风摇曳
陕南的茶香
一江两岸万家灯火。花好月圆
以流淌的姿势溢出
拐弯处，还有家长里短
柴米油盐

把年华再次翻开
平行，交叉；直线，弯曲
完整，碎裂；固化，荡漾
我曾对虚幻之境执迷不悟
此刻，光阴的叹词
正试图刺穿眼前的夜色
掬一捧流光溢彩
一些憔悴的话题
顿时生动起来，有了血色

几粒尚未痊愈的动词
从对岸走来
在洒满月色的江面上
睁大眼睛，打捞
那些遗漏的好时光

和早已沉潜的

闲愁。仰望银河

有星星从彼此的眼里

滚落下来

烫伤一条江水

故乡的廊桥

白石河嗓音清澈
游鱼们在水下闪烁其词

我从罗伯特·詹姆斯·沃勒的遗梦中
捧出尊贵的留白
纤尘不染
晚霞，越过林梢
于纱帽山顶口吐莲花
那些刻骨铭心的动词
被罗伯特与弗朗西斯卡
陈酿于时光深处
芬芳四溢

也曾在某年某月某日某时怦然心动
心遭遇锥子
满腹期待被故乡的廊桥
和那晚的北斗七星一一窥见
我却拿不出最终答案
交给月光。廊桥
从此变成
心上的疤痕

第三辑　凡尘碎语

垭口传来山的鼾声

夜鸟的呓语

暗示一扇门的影子

碎裂在不远处

早年出走的钉子

已安身于苍穹

一根火柴走上夜空

划出一道优美的弧线

像伤口，又像省略号

把烟尘

撒落人间

◀ 相伴　摄影：刘明

七夕跋

走出秦观浩瀚的诗句
金风玉露，来到
鹊桥这头
你一定在秀屏山清点过
迟疑的脚步
剖开天池岭羞怯的风口
一棵树，吃着
自己的落叶长大
绝不止于挺拔而驻足
匍匐于山川、河流、田野、地头
树梢和屋顶
掠过激越、亢奋、残缺和忧伤
月光澄澈
那彻骨的沐浴，一次
便胜却人间无数

金融街上的女孩

一只小鹿跳跃着
纤细的步履轻盈又自信
晨风在发梢飘逸
去往何处谁也不知
远处青翠摇曳，小路
通往每一个方向
开花的地方生长爱情
也有关于山峦的故事

大地苍茫，寒鸟之鸣被一场雪覆盖

苍天对人间的问候
就这样洋洋洒洒地表达出来
貌似直白
这是入冬以来
关中平原的第一场雪
一些凹凸和线条
被无所顾忌地覆盖
仿佛这个世界，原本
如此
一只过路的寒鸟
此刻正被大雪压住嗓音

早上出门，又遇到
佝偻着腰身的农民工兄弟
老曹。问其工伤，老曹一句怒骂
骂完，那问号似的身躯
慢慢向工地挪去

我知道，老曹至今还对老婆
瞒着自己的伤情
到春节，就瞒不住了
这是老曹心里的
另一个结

夜风

夕阳给高楼量身定做的长衫
被风吹落
一棵梧桐眼前一黑
栽倒在夜色中
鸟们吓得哑口无言

夜把一切揽在怀中
几粒虫鸣，几片狗吠
伤痛被黑捂住
相安无事

太阳再次升起
高楼亮出强健肌肤
树们搀扶着，站起来
好像什么也没发生
却把无法安置的疼痛和
暗淡的昨夜
一股脑儿给我

夜路

眼睛返回夜色中
脚，失去节律
心突然害怕起来：我离灯
远了点

垭口传来山的鼾声
夜鸟的呓语
暗示一扇门的影子
碎裂在不远处

早年出走的钉子
已安身于苍穹
一根火柴走上夜空
划出一道优美的弧线
像伤口，又像省略号
把烟尘
撒落人间

表弟王大发

表弟在外混了二十年
却始终没能挣到比他的名字
更响亮的东西

年前，表弟把一辈子吹的牛
变成了真牛
而那崭新的摩托车并不听话
当鼓胀的兴奋达到滚圆的时候
却在离家三十里的沟口
滚了下去。人伤车毁
也把刚刚燃烧了六天的好心情
摔了个支离破碎

病床上，表弟不服
他说，两轮的不好
来年换个四轮的
完全不顾弟媳鄙视的白眼
和“哼”
而我必须祝福他

一棵岸柳试图以己之力拽住落霞

湖畔蒹葭，枯面皓首
如我。你
也瘦了一圈

飞禽们争先恐后
苍鹭、凤头鸊鷉、赤麻鸭、灰喜鹊、斑鸠、麻雀们
一次次靠近大鹅和家鸭
彼此心照不宣，不问身世
那些摇头晃脑的羽身
端着前朝架子
高视阔步，鸣声豪迈
对豢养之事讳莫如深

关中平原的风
慈悲为怀
一次次轻唤众生的正名
一棵岸柳俯身于水面
试图以己之力
拽住落霞

此刻，山那边
一位女诗人正被人
喊去喝茶

阳春

年过了，节也过了
被一片雪花捂住的暖意
质地成色都在
冻疮渐好。开花的阳春
只要不戳我的痛处就行

一旦

夜行
被一张黑色的纸
裹着。慢慢走
记住老路，就不用害怕

手握电筒，却无意打开
我担心，一旦打开
夜，就被
捅破

一旦捅破
雷电，就会跌落下来
划伤尘世
暗色的液体，便会
流下来

而此刻，我却找不到
一只盛血的器皿

水荷回乡

腊月二十八，水荷把一年的艰辛
亏欠和感激，从江城扛回来
一同回来的，还有
脸上残存的水色
翌日，她在镇上办了六桌酒席
请了家门亲戚
和曾帮衬家里的乡亲

舅舅拿出自酿的甜秆酒
把积攒了一年的欢喜
吼得稀里哗啦

可是，三天后，水荷就被送医
那刚刚燃起的喜庆
随即，被浇灭

病床上，水荷没了主张
恐惧弥漫开来，打湿枕头
不敢出声
愧疚，淹没了初春的寂静
医生的每一个眼神都是波澜
心，就这样沤着

十四天后，朝霞敲窗
隔在对面楼房的舅舅和乡亲
请医生捎进一句话：放心吧
明年回来还能喝甜秆酒
顿时，水荷哭出了
溪流声

老江家的磨盘

一辈子就一个念想
周而复始，为了这口吃食

老江把光景绑在牛腿上
牛把路径留在老江的额头上

一圈就是一世
蒙上眼，好命歹命都在这条路上

几米开外是田野，远处有阳光
一条山道瘦成绳索
那头撂在山外
这头攥在老江手上

田家老屋

田伯站在门口，张望
山坡上苞谷的表情
风，绕过门齿
自由进出

老屋一次次咀嚼
倔强秉性和家风
晴好日子，也晾晒
细碎念想
光景，风干在葫芦寨的老苞上
颜色灰暗，颗粒干瘪
只是那味道，喂养出来的子孙
性子都坚硬

而我，却在田婶夹鞋样的老书里
翻出了绵软

安魂

关中平原的一场雨
送来凉意
一股来自黄土地的狂风
牵走了一个高贵的灵魂
雨，把苍天的悲怆
铺满大地
洇湿的，有土地
山野、石头、人心
还有倔强的草木

傍晚时分，雨停了
草尖上的泪
还在滴

为一只豢养之物命名

你可真够固执的
那些不管不顾的表达是否智慧
你自己掂量

清晨如此静谧，我试着
从胸中取出外婆的老屋
和门前那棵歪脖子老槐树
让你守着
在晨雾动身之前，叫醒太阳
并以家庭成员的名义
呼唤我的童年

一只豢养之物，活到这个份儿上，命就算高贵了
费过多少口舌、跑过多少路，都值
但我还是打算给它以名分
不为别的，只为
坚守者的尊严

发小志坤

大巴山里的年华很粗糙
志坤打小黝黑
常年钻山入林，额头
早已落下岁月的划痕
掌上老茧硬如风干的牛皮
说话嗓门大，直脾气，牛犟筋
急了还骂人。心眼却好
不苟且，不耍阴
欠人的情，千方百计要还
还不了的，就记一辈子
他对你好你也得接着
不接就多心

那时，星星常常挂满村庄的夜空
早春备耕，志坤帮父亲烧火粪，火星子乱飞
那些飘上夜空的星星
把少年志坤模糊的遐想带上了高处
火星子灭了，那遐想也就停了，变成愁肠
志坤的遐想和读书一样
短暂。过后是跟大人一起
锄地，背粪，点籽，薅草，收割，打场
放牛，挑水，打猪草，砍柴火……
志坤样样都是好把式

把田地和生活打理得像诗行
还娶了一个敞亮媳妇
日子过得比堂屋还亮堂
多年前，志坤也曾怀揣发财梦
飘去南方，梦醒后又回到了村庄

三年前见到志坤
脾气和谈吐更硬了
黑脸庞上的皱纹像山坡上的沟垄
小日子过得很瓷实
然而年后备耕，志坤
却毫无征兆地倒在了凌晨的火粪堆旁
我想，那火星子
一定飘向了更高的夜空
去跟星星做伴了

困

几只麻雀撂下不实之词
飞走了
村庄的惶恐穿过苦楝子花的视线
在一个雨雾之晨
寻找迷失的光
那些飘忽不定的惊惧
一次次砸伤大山的心灵
声音张扬
深色的液体从岩缝中滴落
抽干山谷瘦弱的草色
村庄苍白无力

一只渡鸦试图洗白身份
洒几粒干瘪的悲悯
于荒野处，言说土地生动
山河锦绣
这一切，来得冠冕堂皇
无懈可击

云雾弥漫
那些枝头上张望的眼神
再度模糊

地铁上的农民工

农历腊月十七
在地铁四号线三号车厢里
农民工老曹
把攒了一年的欢愉和忧愁搬回家
拥挤的行李包，打开一扇小窗
几个甜果争先恐后，探出头来，看稀奇
老曹紧紧盯住车门上方
不断变换的站名
以防那些惶恐的文字走失
我不知道，明年
这位农民工兄弟
是否还会记得那些站名
乘坐这趟地铁

路边排档

航开路边，一块已被征用之地袒胸露怀
一溜小吃排档惶恐不安地喘着气
中午十二点，农民工老丁准时来此就餐
今天，他要了一份五元的果腹之物
他说“我多用一块钱，家里就少一块钱”

航开路是航天城众多“航”字号道路中的一条
这些路构成航天基地的神经系统，连着天上
在千里之外的西昌、酒泉、海南、太原
也有通天之路

老丁每天走在航开路上，很舒坦
他说，西安平展，比老家的路好走

可我听说，这个临时接纳胃口的地方不久就要开工
排档会搬走。到时，不知农民工老丁
会去哪里填饱肚子，填饱
一家老小的渴望

矮牛老曹

老曹个儿矮力气大
工友们都叫他“矮牛”
矮牛老曹家住陕南
房后的石头，比矮牛的性子还硬
门前的坡地，没他的脾气陡
就是长庄稼不行
矮牛出来打工的时候
老婆还病在床上。临出门
三十岁的傻儿子
用那从不熄灭的傻笑
与矮牛歪歪扭扭地告别

矮牛的窝棚
搭在工地临时仓库边
像随意搭建的鸡窝
矮牛的憧憬如同窝棚里的物件，杂乱无章
矮牛说，老板不错
住这儿，不要钱

矮牛每天起得比鸡早
他怕惊动那些拉上帘子的眼睛
矮牛做活计，就像在老家营务他的自留地
他说，要对得起老板对他的好
可我心里却在流血

一棵进城的树

一棵树，从山野到城市
放不下的东西很多
野秋梨、酸枣树、巴茅草、救命粮
炊烟和山风……

从一棵乌柏树
若隐若现的不安中
我听出了密林深处的破碎
那些高耸、蜿蜒、幽深、陡峭
饱满、残缺、伫立、寒冷
都曾在它的语气中
进出、摇晃

此刻，窗外那只不知所措的鸟
正对着我
眨眼

在航天大道以南

出小区东门，往左二十米
是地铁四号线“航天大道站”B 口
再走五十米，是 A 口
往北，是另一片新天地
而返身向南，有航开路、航拓路
航创路、航新路、航腾路、航飞路……
以及神舟系、神北系，纵横交错
每一条路都能通天
我的仰望，从此
深邃

北京的哥

在河流冲浪
岸上风景看得透彻
浪花飞溅
不经意间就高屋建瓴了
不是海市蜃楼
天上的事儿知道一半
地上的事儿全知道
有的不说，有的不想说
北京的哥深沉起来
让你恐惧，又有点
小诱惑

征婚

白纸铺展在地
上面堆积着姓名、性别、年龄、学历
职业以及儿女的全部光荣史，琳琅满目
那些原本贴在胸口上的东西
如今被撕下摆在了地摊上
像随意丢弃的老菜叶，没了体温
孩子们无暇
老人们只好做一次下海的尝试
力争赶在罢市前
把儿女的终身甩卖

托付

晨光指点江山
群峰的汹涌还未平复
一滴泪挂在天上
好像昨夜刚刚哭过

一些莫名的感动
总是不期而至
例如弯月把隐痛
托付于苍穹
朝阳把眺望托付于高山
露珠把身心托付于叶梢
晨鸟把呼唤托付于旷远
游鱼把脚步托付于浪花……
那些辽阔而悠远的托付
一旦澎湃，就是一生啊
容不得半点疏忽

排队

三小时挪了一百米
前头还有两百人
后头还没望到头

肚子瘪了，内急催人
烦躁开始发酵

太阳高悬
无聊滋生
手机上读一首小诗
脑袋，慢慢开始发晕
伴随反胃。不知是低血糖犯了
还是诗馊了

纸飞机

我所居住的九楼的窗外
是另一个小区的院子
一位父亲与自己的小女
赛抛纸飞机

女儿把笑声投出去的时候
父亲和女儿都在仰望
落下，又抛出
抛出，又落下

一架纸做的飞机
其航路
终归只能在飞落之间
而仰望却很高、很远

秋路

秋蚕的宿命，始终
纠缠不清
一次抽丝剥茧，便厘清了
发白的头绪。完成这些
一个缠绵的名词就呈现在你面前
像一条路

风从北方来
一棵树，轻装而立
以飞翔作为季节的注脚
有风中飘落的票据为证

累积只是加重了
某个季节的味觉与食量
一些绿意，在路上
生生不息
而你，是冻僵在枯枝上的高挂之物

三分钟

三分钟，中华大地
只有一个声音
此刻，所有的生命
和山川河流都收拢了呼吸聆听

把波澜壮阔风云激荡浓缩于此刻
把一个民族的奋斗史浓缩于此刻
把三千英灵喊回来，把三十万
三千万英灵，从近代史中
喊回来

让太阳捧出全部的尊贵
在这个和煦春日
给每一位英雄授勋

时间暂停，历史
再做一次结绳记事
这个春天，注定
属于芸芸众生

第四辑　心湖微澜

那些反复绽放的辞令

从季节的喉管里走出来，喊

人间返青

只有那朵香案上的花

无动于衷

端着四百年前的架子

◀ 西安曲江南湖　摄影：肖照越

秋天的艳遇

一

那个春天遭遇明媚
我开始酝酿一场缤纷
打算在季节之末，送给秋荷

路程并不遥远
但对我的脚力，却是一场考验
为追随那双跳跃的眼睛
我费尽心机

花开花落的季节
我不知道哪朵云有雨
担心我风干的蓊郁，织一件衣裳
是否合身

我把岁月做了一万次设想
那长度甚至穿越秋天，直达冬季

二

渡水过溪，为把雨的心情
送到远方

日子走走停停
山花招摇湿润的风声

一旦怀揣山水
脚下就是一条崎岖路
那些所谓的出行计划
不想调整，也得调整

心中的云朵
有时会变成暴风骤雨
此时，只祈求不要泛滥成灾

三

披星戴月
我把大好时光丢在了身后
包括青春

为实现一条河流的心愿
我赶到岸边，你却在对岸
船挂在天上

四

我曾对一株荷发誓
宁从高处陨落
不在低空盘旋
待岁月飘香的时候
我一定回来，栖息在你的叶间

几粒鸟鸣滴落下来
思念被打湿了
岸柳破解鸟的方言
秋叶泪流成河

顺着河流
我试图找到回来的路

五

从此，我打算做一根藕
春绿秋黄，都安于水命

我曾劝慰夏荷，把情绪留在深处

然而，有了出头的心气
腰杆就硬了
在一个热闹的夏季，举一把伞
走了，撂下背影和秋天
让我原本白皙的躯体深深陷入淤泥
心，伤成空洞

我终于明白
既然错过了一场缤纷
就不要守着残荷纠缠花期

等你

发自青春的邮船
满载期许与承诺
连同岁岁重阳如期抵达
我在秋天的桂香中等你

经年往事在风霜中酣眠
寒露染白梦语
容颜飘零在岁月深处
根须依然鲜活
我在年轮的圆满中等你

无须周游世界
眼前的斑斓，值得
相守一生
我在故乡的乌桕树下等你

倾听秋天

把青春播进泥土
秦巴山渐次丰腴
时光疯长，绿色染遍梦乡
枕边走着岁月的脚步
唤醒黎明
籽粒已然饱满

耳际飘过秋色
迟暮搀扶霜天
季节不再犹豫
草木振臂
山野传来斑斓的呼唤

棉花糖

我小的时候
白云飘在蓝天上
如今的孩子
想要，云朵就到了自己手里

酸枣树

像兵蚁之于疆土
每一根尖刺都高举忠诚
包括善根
与所有的原住民或
外来者和平相处

野百合是善者，芭茅草也是
梨花是善者，苞谷也是
牛是善者，羊也是
包括白嘉轩爷爷的爷爷执手相牵
如今依然羞怯于崖头的那棵拐枣树
也是善者
而福音堂里那只口阔面善的铜钟
更是声名远扬的大善者

风，吹过北原
酸枣树，欲言又止

夜茶

仿佛死过一回
又被一杯水救活
生当为茗，沉浮是常有之事
虽然逃不过一个“去”字

陆羽以来，哪管
大唐风云、宋元律动
只有失意的骚客，放不下
杯中芳华、纸上凉热

而失眠，又何足挂齿
更何况，书斋之外，还有人间烟火
等我

眺望南山

滈河绕过一个王朝的内伤
把窦太后送进传说
前朝硝烟，并无云横秦岭的意境
常宁宫一声叹息
神禾原，默不作声

六十多年前，一位人民作家
试着与滈河的浪花
对话。那些跳跃的珍珠
在《创业史》中鲜活起来
蛤蟆滩蛙声一片
那蛙鸣，路遥听过，陈忠实听过
我想，那些从泥土中
伸出的耳朵，应当都听到过

此刻，南山传来陡峭的风声
柳青墓前，我献上几个初秋的橘子
让先生知道
人间，依然有酸甜

一枚月光

一枚月光，在秦巴山地蛰伏多年
在这个冬夜，追随
一条江水，远走异乡

离开嶓冢山峡口，回眸一瞥
整个汉中心都酥了
牵手牧马河，让刘汉王朝
腿脚发软
到一个叫瀛湖的地方歇息片刻
斑斓陈酿于澄澈中
咂咂小嘴，余香缭绕
安康也醉了
在我的故乡江城白河
牵走一片水色
陕南山水，顿时憔悴

千古圆缺，铺满夤夜水路
我的心，被月亮咬了一口
至今，齿痕
还漂在江面上

山水人间

相对于一片花田
我更在意江河湖海，和
残缺岁月里
几片脱落的旧时光

人间四月，草木峥嵘
槐树皓首
春风十里有异香
独立树下，看眼前小路
消失于苍茫
突然，你的内心汹涌起来
祝贺你，你的少年还在

阅尽沧海桑田，行遍原野阡陌
你守着你的八千群山
我放逐我的十万江河
奔腾留给少年
相望，或不相望
何足挂齿？

世子之梅

明世子朱敬珍早已凋谢
他的封号，还开着
像一朵纸花
插在岁月的香案上
目空一切

少陵原上，世子之梅
已开到第四十代孙
在这个曾经的十三朝古都
它们的根都扎得比我深

那些反复绽放的辞令
从季节的喉管里走出来，喊
人间返青
只有那朵香案上的花
无动于衷
端着四百年前的架子

水面

平如镜，被时光摁住
来路上的一波三折

汹涌愈浓，宁静愈深
风，偶尔谈起水面的皱纹

河流于夕照下憔悴
一只羸弱的水鸟，于故去之前

悄悄道出土地的内疚，以及
河岸消瘦的身世

三月

一只蜻蜓在水面
弹拨三月
风，悄然而至
初春的回音铺展开来

眼睛伫立于叶梢
光的金粉洒在边缘之外

迂回往复
灼灼心思初绽于晨昏
一滴朝露，怀揣太阳的嘱托
在逆光下
点题

一些文字冻死在雪地里

一场雪专注于白
进而攻陷足履的硬度

在故乡，雪与月色
早已握手言和
我曾发誓，在这个夜晚
不能拖累月亮
和我一起虚度时光
当我回过神来
年轮已绕过三百六十度
一些文字从圈中跳出来
眨着眼睛，回看
一棵树的倒影

那些瘦骨嶙峋的文字
于月白之夜
先后冻死在雪地里，一动不动
像极了，我儿时在谷场上
踩死的蚂蚁

语度

对一声鸟鸣的妥协
长度并非要义
宽于山林之外，挥动
色彩和尊严
绕树三匝，不过是读心术
一片秋叶的纹理指向归路

省却来龙去脉
在磨损的岁月里
凛冽之风，一次次鞭笞枝头的倦意
一只乌鸦，微闭双目
做出练达的样子，不理会
一支山歌的冷暖

那斑驳的旧辞
无论如何也走不进
振翅的好时光

山水辞

一块石头修炼千年
在我的眼前坐地成佛，教化山水
让忸怩的曲线
渐次皈依

那插满香烛的山峦，烟云缠身
清净并非简单之事
云在高处漫语
而一次寻常霹雳
就足以让山峰牙齿脱落
走漏风声

我怀揣一块石头
在悲悯与坚硬之间构筑善缘
此时，只希望每一块凹凸
都生长佛心，度我
度众生

一滴水扎根在地图上

一滴水的面相
与高低无关
有一种心情结伴而行

扎根山河，枝繁叶茂
树上长满城市的欲望
斑斓如期而至
有委婉曼妙生动地摇曳
还有阳光、风
和飘忽不定的云朵
晨曦或晚照
城市亢奋无比

终究，有一滴水，走上荷叶
修炼成丹

小米辣椒

秉性刚烈，至死不渝
只为找到最终的颜色

有的殒命于秋晨，身披寒霜
仍守望在枝头

抵达者，都以鲜红的火炬
燃烧乡愁

给春天一个修辞

穿梭于秦岭南北
关中的春天被磨成了慢性子
终于走出深冬，我
不能愧对那些枝头上的眼神

在汉江河谷，她们
以至纯待我
在关中平原，她们以温厚待我
一些疼痛曾洞穿春秋
而首先好起来的
是冻疮

我想请春风擦疗眼疾
从一首唐诗中找回辽阔
再寻一粒好词，种在
时光高处
恩谢这个春天

有感于德国特里尔市推出马克思肖像指路灯

一百七十年前，两位德意志青年
用钢铁般的宣言
铸成一盏灯
为人类理想指路
那路荆棘丛生、风云变幻
却引人入胜

如今，在马克思故乡
每一个路口
都有一只铁臂
举着灯的亮度
夜晚，格外耀眼
这位大胡子依然用他的智慧
指引路人
向前……

芭蕉态

在季节之隙
那些鲜嫩或斑斓的节律
如期而至
眉目可人，仪态
从容。风来
不过软语微词
只是，别太猛
那样，它会变脸
甚至把一个季节掀翻

储蓄

长长短短的过程
正如列车上的乘客
上上下下，摩肩接踵
一旦那些身影张扬起来
日子就曲折了
路边的野花发出奔驰的想象
娇艳描绘每一条路径
穿越暗隧或者旷野
路上总有风的收藏

而我总是希望
时光清点每一次呼吸
即便到了暮年
依然存储饱满的怀想
和健康的肺叶

豆芽菜

把两只脚片举过头顶
并不是探寻上天的路径
而是在冒险走进嘴巴的瞬间
摇身变成耳朵
探究人的言语
是否由衷

紫茄子

以稀有肤色和
光鲜求证存在
并无意义
是菜，大抵都要走进厨房
走出来
是自己，又不是自己

晚水

蒹葭苍苍。父亲早生华发
我也是

江流尽头，余晖将近
我并不急于走入
那是横亘于他乡的一堵墙啊
一旦过去，我就难以回头
而一片秋叶
无法缝补整个春天

不远处，晚霞与流水
相拥而泣。江面上
落下夕阳的喟叹

溪流

试图趁月色潜逃的俚语
被山风一一指认
几滴鸟鸣
走进山竹的喉管
归隐于巴山民谣的某个段落中

打开窗户，夜色汹涌入怀
还有风声
那些从泥土里冒尖的事物
眨巴着小眼睛
窥探丛林深处的足音

溪流的焦虑被蛙声放逐
远行实为简单之事
只有岸边的水草能见证
你的来路
指点你的去路

天际

从柔软之地出发
去往大海。苍穹
回到内心深处

苍山如海
那天边漂浮的泡沫
远不及晨光对一条路的照耀
来得透彻

贴近一种色彩
哪怕时光沉沦
总有一条笔直或蜿蜒的喘息
不会泯灭

雨后

雨后放晴，丝瓜花上的一滴心思
流下来
一只蜜蜂读出了忧伤

此刻，母亲似在凝神
——为我缝挎包的针
误伤了手指
一滴血渗出来

那无奈的目光
陡然间，刺痛了
我的愧色

是花，都应在春天找到名分

菊花在初秋完成修炼
秋葵坐禅
而所有的春花
都在眺望

这些都不重要
重要的是：每一朵花
都应在春天找到名分

而属于我的那朵
叫从容

分

把光阴分成三段
十八年发芽
四十二年立命
剩下的，给山河
唤醒少年梦想和全部灵魂
一起游走

被春意牵引的目光拒绝安分
此刻，晨光正给北原南岭强健的肌肤
润色。关中平原
神清气爽，妙趣横生

灞柳把大唐高贵的基因挂在风中
渭城朝雨比一杯浊酒醉人
飞奔的心思远远高过
一骑红尘

此刻，大地辽阔
眼睛长满盛开的动词

后来人间变得复杂了

父亲在门前栽下你那年
母亲生下我
整个童年和少年
我都跟你一样
简单如一，见风长
个头蹿得很快
母亲说我，只长个儿
不长心

你在门外
我在门里，知道
门里的忧愁

后来，人间变得复杂了
个儿，也就不长了
而你一直在长，高度
远超于我

听竹

在房后那片竹林面前
你我都是晚辈
打小你就心空
不像我，实心眼
多年以后
你长得颀长、俊朗
依然聪颖
而我，还是那个实心眼
面对苍茫世界
你常说心里空落落的
我听不懂，一直
不懂

月牙吟

从树梢跌落水中的
是太白先生于床前
悄悄剪掉的
一阕指甲
抬头与低头间
已漂泊千年
如今，稍一用力
依然把汉字
掐得生疼

云霞之上

云霞之上，大巴山用远眺的眼神
点化我。荫翳之下
山风独领忧伤。潮湿的视野
搁浅于河之右岸

我多么渴望阳光灿烂的日子
你看，那些笑意盈盈的葵花有多好啊
还有苞谷丝瓜豆角，以及
所有在枝头张望的眼睛
都眉目迎人

在这个早晨，我无法拒绝
一个高蹈的景象。沿着霞光
步履，把心和目光
从山的背面缓缓托出

那些柔软的石头怀揣悲悯

仿佛一夜之间
所有石头都皱紧了眉头
白发自山腰铺展开来
泪水晶莹于草尖
柔软已是陈年旧事

横陈山野并非悲戚之事
山巅，有云朵侧耳
那些昂扬的头颅
或方或圆，左突右冲
仍然达不到一棵野草的高度

坚硬是后来的事情
如果时光倒转一万年
我相信，那些柔软的悲悯
依然会滚烫地涌动

山风的背面

山风的背面是水的密径
清澈如小家碧玉
荡漾的眸子与风有关
脉路蜿蜒
悠悠一条好身段

那溪涧列石，省略了
多少村野爱情，谁也
说不清楚。如今的沉默
依然让人心生畏惧

我不是一条多情的鱼
但对风的呼唤，却难以
无动于衷
那些深深浅浅的吹拂
总在心湖生出涟漪

时光的沉默是有限的

我把童年丢进去
悄无声息
我把青春丢进去
还是悄无声息
我把生命的前半段一股脑儿
丢进去
仍然悄无声息
如今，我挣扎着
把生命后半段的一部分
又丢了进去
终于，岁月深处传来浅浅的回声
此时，我惺忪的眼睛
刚刚被时光照亮

长安公园

那年，所有的事务
都以诗篇的形式归档
有的曾跋涉于视野远端
有的直接与我有关
只有一汪清水，为了
保持鲜活
我无法将其封存
而唯其鲜活
有一方地域，生命
始终饱满
因此，长安

雨声

你的心思
曾濡湿一个季节
让我的吼声受潮

我的思绪，是
远山黛色的波浪
一个日子
在蒸腾着

月语

一滴泪
从苏子眼中流出
千百年
不曾滑落

今夜明月朗照
我吟哦着，久久
而你呢？

给一个人

从没说过那个字
那个字
却在心里发酵

是一个融融春天
我第一次读到
你盛开的眸子
世界充满了芬芳

几番风雨
便是秋收季节
便有了果实
便有了酵曲
便有了真我与真你

酒赋

曾点燃几多思想
曾浇灭几多思想
是雄之魂

是生之精灵
蒸腾中，酿就你
水的形象
火的秉性

因了你
有一个人是涅槃之凤
落霞满天
双足站立为规
高擎民族之图腾
江河浩荡，山风萦怀
姗姗走来又一个春晨

汉江边遇迟子建

公元2012年3月某日
陕南的阳春和暖风一起困倦
我在汉江边小憩
恍惚中，来到了额尔古纳河右岸

岸边的水草和林间的花朵依然幽香
驯鹿的蹄音和西棱柱上的月亮依然皎洁
皎洁的，还有“我”那返青的欢愉
从城市回到森林的灵魂

那款款漫步的是谁？
身姿婀娜，凤眼凝眉
还有那朦朦胧胧的
雾霭和心思

汉江流过雨季

耳畔流淌着一江从容
那委婉的歌声，轻盈的步履着实惬意

风光依旧或明媚并不暗示什么，只是
淅淅沥沥的缠绵中透着些许生动
那点性情窄窄宽宽
远行者，无须矫情
有回旋、有静默，还有
翩翩涟漪与心动
偶尔也闹得张扬，喧腾却不是本意
每一次跌宕和蜿蜒，都与前方有关
滋润色彩的，是意志，也是感念

那漂浮的欲念
追逐失范的混浊
阻塞什么、凝固什么
律动的脉搏依然旺盛
在春日，该抽芽的该开花的都在萌动
还有那一江春水，我想
她们都会滋养两岸以及我心
无论沧海桑田，还是
这个夏日

沙滩上晨望

站在一个地方，有水有风景
静默与流畅总是相向而生
远方像青春一样迷人
石之面庞光滑洁净如婴之细腕
走过四季，时光省略在沙径
串串点点，线条优美
小路在朦胧中蜿蜒
露珠轻抚列石
水鸟静立，倾听那潺潺足音
岁月斑驳为沙，脱落于两岸
抓一把尽是感慨，用积淀阐述比重
有细节从指间滑落，把遗存攥成尊严
残缺与感伤渐次生动

水之声息萦绕于耳
舒缓与激越都很美好
那放歌的是谁?
把自己唱得弯弯曲曲、凄凄切切
掬一捧音符，蝌蚪在游弋
转瞬就像蛙一样聒噪
不清楚哪儿在战栗
心旌摇曳

河流向远处铺展开去
挽着秀色，一路徜徉
把自己交给世界
不忘述说着每一个细节
晨光透过云隙
洒在河床，渗透心底
此时，地面阔如天空
天空渲染大地

沉默

一只蚂蚁，怀揣
青山与河流
顺着藤蔓，爬到
一朵喇叭花上
——那是它一生的
灿烂之地

辽阔与高远
闪烁于边缘之外
风，是现实的险境
来路摇曳
每一步都是万水千山

家在背风处
路，是土地结痂的伤口
往事风干于荒原之上
——像父亲一阵干咳之后的
沉默

活

一个幻想财富的年代
亨利·戴维·梭罗回到了
马萨诸塞州的康科德小镇
在瓦尔登湖畔造屋定居
自给自足
与土拨鼠、火蜥蜴、啄木鸟、夜莺
棕鸫、狗鱼和
白桦林、委陵菜、黑莓、狗尾草等
交朋结友，互为芳邻
让土豆、苞谷、赤豆、小麦
和思想，一起
春华秋实

两年后，他牵手瓦尔登湖
走出丛林，走进典籍

从此，“亨利·戴维·梭罗”被雕刻在了
四十五岁
而瓦尔登湖和《瓦尔登湖》
都活到了今天
风华正茂

拜谒一粒雪

窗外，那些错落的枝条
风流倜傥
初秋伊始，抖落
满身的碎语

枝头上，振翅之鸟已放下残绿
几片枯叶怎能缝补四季?

曲直，直指待发的方向
此刻，大地银装
风，试图刺破整个冬季
比风坚硬的，是那些粗糙的骨头

纷纷扬扬，放浪形骸
终归一世清白
有万树银发，白头群山做证

山石

山坡所见
与一位放羊人不同
我看到云悬在半空
早年的羞怯
看到它们滚下山坡
滚成珍珠项链，戴在
芭茅草的脖项上
让那草由此富贵一回
乍看，这是阐释草的不易
重点是，言外之意

老屋场

一对熬干了眼睛的石臼
坐在无神的山坳里
等待一场旧雨
搀它回屋
沐浴

隙

麻将在隔壁欢呼雀跃
我藏于一段文字的缝隙中
一大群黑色的蚂蚁
列队前往取食地
它们喘着春秋早年的气息
蒹葭苍苍。呦呦鹿鸣……
景致都在山峰云端
此刻，我恰好于书中
邂逅一帮怀揣山水的人
刚刚从险峻处走来

走过十月，我以这种方式爱国

把五星红旗和民族的奋斗史
镌刻于胸
再把北国的风南国的雨
黑土地上的秧苗
雪域高原的冰霜
天涯海角的风云
辽阔大地的浩荡
分门别类装在心里

然后，高擎梦想
跟着一条洪流奔涌

是工人，我就关注
每一粒汗水的结晶
严把品质品相，让所有该对接的心愿
都严丝合缝
是农民，我就做土地的恋人
让土里冒尖的子孙
一出世，都品貌端正
是军人，我首先捍卫一双眼睛
远看风云，近看微尘
让所有的路标都指向和平
是学生，我就追寻那思想的明灯

学会在云缝里寻找星星
让每一粒光亮都能照耀人生
是商人，我就牢记家训
保证不在母亲颤颤巍巍的担忧中摔倒
让“一世清白”走进老家谱的行列中
是清洁工，我就在暗夜中牵出黎明
把每一个角落都打扫干净
让城市体面示人

而眼下，我是一名金融人
我要确保，经我手的每一个数字
真实可信，让银行血液健康
让国家有好气色
永葆青春

月亮之下

面朝故乡
如果我说了瞎话
苍天的一记掌印
会昭示在夜空

楼梯

一次次抬升
又一次次放下
平时，与其他的路
并无二致
只有在送别的时候
才分出高低

一阵风

明眼人，不一定能看清世界
如我。一个瞎子却能
远观天下，洞悉古今
如阿炳。一阵风来过
把事情的原委覆盖
包括鸟的喘息鱼的困惑
草木佝偻的身姿，以及
云朵和春雨的纠葛

山桃树，装着深冬的训诫
昏过去一次
在这个春天，有幸
被一只灰喜鹊掐醒
一枝半世清贫的桃花
终于在故乡早春的崖头
亮出真相

远方话语

那年我要去远方
临走前夜，有些话
当着月亮
没说。我翻山越岭
一道坎，没有拉住那只手
相思自此成为孤儿，流浪于
尘世江湖。目光渐次消瘦
直到被时光风干
故乡成远方
有些话，只能等待百年之后
连同生辰八字
刻到墓碑上

致春天

树们系好了白色裹腿
随时出征
土地如梦初醒，晨光
送来绿色虎符
相信所有的烂漫都会如期抵达
（让桃树去为爱情驻足吧）
山峦骏马扬鬃
路在风中摇曳，致远之心
奔腾如许
被燕子剪裁的天空
抛下时光的动词
所有的跋涉次第绽放。此刻
天下宏阔，和我
矮小的夙愿
将一一受到检阅

残雪

冬天留下疤痕
于难言之处

夜色擦过的地方都很疼
羸弱之躯
躺在北原的暗影里
麦苗伸出自己的活法
洋槐低头不语
南来北往的鸟雀听不懂方言
请风做翻译

一座山的伤痛
只有太阳能够治愈

与一只鸟对视

午后，坐在院子里
一棵红叶李下乘凉
树上飞来一只鸟
要吃枝头上成熟的果子
它看见了我，我看见了它
我们彼此对视
它目不转睛，我也目不斜视
我们都不动声色
看谁沉得住气
彼此心里却又都在打鼓
我的鼓声在肚里盘旋了八圈
在出口处停了下来
三十秒后，它的鼓声从嘴里冒了出来
只有三声，且一声比一声小
我仍不吭声
又过了三秒钟，它飞走了
我的鼓声终究没有响起来
被关在肚子里
受戒

致儿子

对于一棵成形的树来说
过度修剪是多余的
移栽可能面临迥异的结果
就像淮南与淮北

小时候，我曾考虑
给你设计未来
我还未搭手
你就从山下自己爬了上来

现在，你正行走在陡峭的路上
这是人生必经之路。艰难、痛苦、纠结、不甘……
其实，这些都将构成你人生
最美的诗篇

你天天跟金钱交手
却没有被它击倒
我的欣慰远远不止于此
我看到的是，你走在混浊的尘世
眼睛依然清澈
这就印证了你的心灵纯洁而坚强
恶风吹不垮
你终将到达突破的垭口

翻过去
就会豁然开朗，就是
康庄大道

人间聚散

挥手间，已“此去经年”
聚散如是。沧桑
如许，脚步
不再凌乱

嗓子粗三倍，调门低八度
剔除年华的折旧
已无多余的光阴可用于交换
天高海阔，乡音缠绵
终不是玲珑少年

相逢一笑
不谈日月经天
翻一翻家长里短、鸡零狗碎（不过一哂）
那点未了的心愿
就交给月亮吧
让它去苏轼的水调歌头
修补圆缺

此去矣，唯山河锦绣
彼此常安

白石河之春

一个冬天，白石河
瘦了一圈
岸边的油菜花开了
大地复苏
一条山溪也有了好气色

山竹们静立如初
一缕春风回到原乡
为山川润色
祈愿像村童一样绽放，红的，绿的

那连接远方的溪涧列石
曾走着村庄的经年往事
如今，依然有
梦想出发

这个春天，有忧伤远行
也有卑微的山风
牵着村童们的渴望
在小溪边
跳来
跳去

评论

远足者的回声与眺望

——读肖照越诗集《顺着山梁走》

陈敏，男，出生于陕西省白河县，祖籍安康。1983年毕业于西北大学汉语言文学系，文学学士。中国作家协会会员。安康市首届作家协会副主席兼秘书长。《安康日报》高级编辑。在《人民日报》《诗刊》等中外报刊发表中英文文学作品并获奖众多，出版、主编《蓝星星》《我们》《安康作家优秀作品选》等十二部作品。

适逢芒种，以一种虔诚一种欣赏一种憧憬，沿着播种与收获交织的模样，读到诗友肖照越先生的诗集《顺着山梁走》，饶有情趣——

作为诗人的他，山河锦绣、时辰诱人。来到水边，说“湖畔，蓝色的雾/正摇动，一枝格桑花的长裙子/晨风唤醒太阳/湖水，满面红晕/几只早起的水鸟/擦洗湖面，泸沽湖/眉清目秀//此刻，一支粉色的歌谣从水下/刚刚探出脑袋”，于是，有了明澄的回眸和洁净的遐思；行旅匆匆、前方无涯，去汉中“握住一条高铁的脉搏/切问一座城市的密码和索引//于黄昏之前遁入/我的迫切，大于/先辈萧何……那个打马而归的人/一步来迟/没赶上，飞跑的城市//成败无非功名/而不到汉中/你甚至，不能叫/汉子”，“一只手握剑戟的鹰隼/在雨夜折断翅膀/那是胯下之辱啊/阅尽两千两百年沧桑/来到岁月高处/接受这个春天的拜谒”——英雄不问出处，造化演绎盛衰，诗人顶礼膜拜的，分明就是金戈铁马的年代里，一段沧桑的往事与绝句里迸发的豪情壮志；《在婺源，油菜花的悲悯是有限的》一诗中，“四月，婺源葱郁一片/放眼四野，在篁岭的绿波里/有多少浓郁的期待……而这，对那些迟归的/蜂蝶而言/错过，就意味着/一生”；在蜀南竹海，诗人感悟“蒹葭们在《诗经》里/早已白露为霜/而在川中川南的秋风里/依然鹤发童颜//一幅《长江万里图》/把大千先生一生的蜿蜒拉长/乡愁破土，耸立/枝繁叶茂”，于是，他“无论竹子们摇头/还是首肯/也不管它们是为谁列阵/我义无反顾地来了/只想为一段正在拔节的时光/助阵”。

老肖的行旅，其实色彩斑斓、跌宕起伏。在丽江，居然捡拾起一叶青春碎片，“‘你说，带我去重庆、去西藏/而我们却结束在了丽江……’/丽江的一个小饭店里/我巧遇一张纸片/一朵花凋谢的过程就发生在/不久前//在丽江，有太多的等待和眺望/还有月光的味觉，阳光的尺度/而在某些高点/例如，一株秋海棠的花瓣上/雨后，泪光越过街面”……哀婉着忧伤着，诗人俯拾皆是的是诗句，幻化出祝福着期待着。在每个生命的履历里，总会写着悲喜交加，总会有着柳暗花明，总会有着秋海棠的花瓣之上盈盈的眺望。不仅如此，诗人自身也不免触景生情、感物伤怀。在《一朵三角梅在枝头上张望》中“一朵三角梅在枝头上张望/眼里盛开嘉陵江的晶莹/和芬芳，面带水色/此时，几只家燕在檐下/交头接耳。初秋的风/用川东方言窃窃私语/我真担心，一场感情纠葛/会在某个角落/冒出头来//如果时光倒转四十年/或许，那眼神/也会将我焚毁”。岂止是三角梅的张望，又岂止是四十年的储蓄与积淀？隐忍着节制着，珍存着清净着……在《品茗湘西》中，“小船弯弯，清流/荡漾着翠翠的心思……俚曲在山涧缠绵/小背篓装着童谣/苗家妹子陈酿多情/眸子里斟满湘西/晨光醉红山头/豪饮暮色，我/一醉不起”。一些事一阵风过去了，放逐山野、举重如轻，还真像歌曲里的“想着想着就忘了，梦着梦着就醒了”——人生如有这样的记忆！

诗人情感总是丰富的。不仅如此，即使在家乡白河县的汉江河畔，精纯的情愫依旧充沛缭绕，依旧富含文学的纯白和嘹亮。《汉江边遇迟子建》，“公元2012年3月某日/陕南的阳春和暖风一起困倦/我在汉江边小憩/恍惚中，来到了额尔古纳河右岸//岸边的水草和林间的花朵依然幽香/驯鹿的蹄音和西棱柱上的月亮依然皎洁/皎洁的，还有‘我’那返青的欢愉/从城市回到森林的灵魂//那款款漫步的是谁/身姿婀娜，凤眼凝眉/还有那朦朦胧胧的/雾霭和心思”……神圣的文学、卓越的作家，诗人以致敬的姿态敞露胸怀。这位三次获得鲁迅文学奖、并以长篇小说《额尔古纳河右岸》再获当代中国最高奖项茅盾文学奖的作家——迟子建，无疑是文学同道瞻仰的风景。

在八达岭苗岭梅岭大巴山、在白帝城洞庭湖东山岛、在壶口娄山关郑国渠歌乐山小兴安岭……一辑《大地行吟》，诗人风雨无阻、一骑绝尘！

终于，驻足于八百里秦川，清风明月做伴，唐诗宋词环绕。十三朝古都的浩然大气云蒸霞蔚，使他生发出别样的目光与辽阔的胸襟：《白鹿原》中“白鹿原本是一手好牌/却常常被三十公里开外的白鹿仓截和//原上深冬的风像利刃割脸/而真正割得你心痛的/并非这把风刀……只有原上的酸枣树和芭茅草/还以土为食/闭口不谈身世//原下，陈忠实与柳青路遥京夫相邻而居/先生们个个坐姿端正，三缄其口”。

大音希声。先贤们气定神闲、仪态万千哩!

如今，退休经年的老肖，落户在省府西安、终南山下。周一读书写诗，周三拜谒寻觅，周六买菜烹鸡……老肖翻山越岭，有了《顺着山梁走》的回声鸣响——依山傍水、亲近先贤，也便有了久远的驻守与眺望。

草根、苦难、悲悯，人世间主题驳杂纷呈、此起彼伏，不变的是生命的重量和良知的坚韧。于是，老肖在《发小志坤》里说“志坤的遐想和读书一样/短暂。过后是跟大人一起/锄地，背粪，点籽，薅草，收割，打场/放牛，挑水，打猪草，砍柴火……//……三年前见到志坤/脾气和谈吐更硬了/黑脸庞上的皱纹像山坡上的沟垄/小日子过得很瓷实/然而年后备耕/志坤/却毫无征兆地倒在了凌晨的火粪堆旁/我想，那火星子/一定飘向了更高的夜空/去跟星星做伴了”。故乡白河的底层农民生存状态若此，那么迁居西安，又有怎样的经历哩？《地铁上的农民工》中“农历腊月十七/在地铁四号线三号车厢里/农民工老曹/把攒了一年的欢愉和忧愁搬回家/拥挤的行李包/打开一扇小窗/几个甜果争先恐后/探出头来，看稀奇//老曹紧紧盯住车门上方/不断变换的站名/以防那些惶恐的文字走失//我不知道/明年，这位农民工兄弟/是否还会记得那些站名/乘坐这趟地铁”。在诗人笔下，老曹的怯懦、无助、茫然甚至卑微跃然而出。其实他承载了众多的苦难命运、众多的困厄民生，众多的底层家庭的呼唤、呐喊、游走——发小志坤孩子和妻子现在生活怎样？老曹还在今年春天的这趟地铁上吗？在《水荷回乡》《困》《路边排档》系列作品里，诗人在一往情深的悲悯与关切中，弯曲了自己的身躯骨骼体贴大地，俯身下去、双耳倾听民间的呻唤，仰望这些悲苦大众的行走动静、喃喃自语和几近倾斜的人生，伸出臂膀、挺起胸脯，发出深沉喑哑的鼓与呼，凸显了作为诗人老肖的本分——浓郁情怀和人文立场。

白河县是诗人老肖的故乡，也是我的故乡。老肖在《母校》《桥儿沟》《天池岭》里说：“三十年前，我离开故乡/五年前，母校搬离原址/……一棵狗尾草于蓬间招摇过市/高处的云朵把我羞涩的目光/完整地擦拭/让我对一个远去的身影/再次仰望”“此桥非彼桥/而沟/除了把一座山城/拉扯大/还悉心收捡着/一条汉江发迹史里/最隐秘的/细节。”“三十年前/岭上/常常有我青涩的张望/……那时的云朵，总是盛开如荷//……太阳口吐莲花/而我的眼眸却无法完成/标准的对焦//几度模糊/好在，心芬芳依旧。”——那故纸堆里的白河县学教谕、训导和秀才们寓意宏丽的“纱帽展翅”，定然使“老肖们”年轻的心脏怦怦响动，也便有了家国情怀，有了我们少年理想的亮丽，读书、写诗、爱人的立场与历程……几十年里一路走来，白河山水、父老乡亲，给了诗人老肖诗意盎然——曾经柴庄秋桂处的，俨然白河一中，老肖在天池岭留下的童年少年依旧朗声歌吟、繁花似锦，更有着盘膝而坐时的清晰明媚乃至生生不息的亲昵呵！

父亲母亲——老肖诗歌亘远的主题！老肖的母亲和白河县的无数家庭妇女一样，襄渝线建设兴起，生活负担加重，她们拾起杠棒抬水泥，弯下身去扒石砟。绵延的襄渝铁路，伸延着白河县这些勤劳妇女的身姿面容……《到母亲身边去》《那年秋雨》说：“风在枝头招一招手/天池岭就打起了精神/走在阳坡的夕光翻越憔悴/拽出一个好春天//暖阳下，母亲发丝枯槁/双目混浊，双耳寂静/几粒返青的鸟鸣似乎与她无关//三十年啊，我曾/怀揣母亲的目光/于苍茫中，寻找那些耸立的理想/如今，我放下群山归来/却拿不出/一副挺立的身板/还给母亲。”“自落地生根/母亲的光景就阴雨绵绵/洇湿的日子如同门前泥泞的山路/母亲的叹息比山路还长……/母亲操心秋禾是否饱满/我担心，雨水会把收成烂掉/这时，我总是送去毫无把握的安慰//大巴山的雨季时长时短/我在年轮的暗示中缓慢地拔节/芽苞呻吟，任岁月粗糙地反刍/我固执地希望/站在高处/举一轮太阳/照亮母亲的忧愁。”母亲的忧愁，缘于生活的压力。少年的老肖和兄长肖照春，为了读书上学，钓鱼卖鱼换钱。在我的记忆中，早年，下午从白河县城边的小河，即命名白河县的白石河畔归来，我的竹子钓竿上常常挂着三五条小白条子，而肖照春、肖照越兄弟则是大桃花瓣、大黄颡，有时还有大小不一的鳖……他们兄弟是谋生，是为了母亲的忧愁。

老肖的父亲原本是待遇蛮好的地质队员，可为了照顾家人调回本地，成了公路道班工人，得养活老人、妻子和四个儿女。因为这样，老肖充满深情地在《在父亲墓前》里说："您一生挺拔/一辈子唯一的弯腰/是在奶奶灵前//您爱坚硬，无数像骨头的物件/在您肩头折断/而您没有/西屋墙角那根磨损的扁担/是您钟爱的东西/被留下来，给您老迈的记忆做伴//我曾试着站立成您的样子/托住岁月的硬度/面对那层出不穷的碎裂声/我没有惧怕//而此刻，在您墓前/一阵山风的叹息/却让我和一些草木/直不起腰来。"父亲给了老肖精神力量，给了老肖人生的方向，《心祭》中说："今年'五一'是父亲/一周年忌日/他大半生当道班工人/其实，就是跟泥土打交道/父亲选择这个日子去往天国/我想也是顺从天意//从童年开始/父亲就把'好好读书'灌在/我的骨髓里/文字常常长出新绿/冒芽、开花、结果、落叶/年复一年/父亲不多谈收成//如今，我读过的书/早已超过自己的身高/写出的文字却不及父亲/的扁担宽。"父亲的恩惠山高水长，父亲的教诲刻骨铭心……如今，老肖姊妹兄弟四人果真术业有专攻、各有所长，沐浴着父亲母亲品行思想的极致浩瀚，他们终究是欣欣然哩！

这部诗集《顺着山梁走》收录了老肖二百首诗，既是老肖近十几年来在《星星》《上海诗人》《延河》《四川文学》《绿风》众多刊物和《安康作家优秀作品选》《人在旅途——百家作品精选》发表作品的精彩荟萃，也是几十年里诗人大地行吟、读写四季的情感灵思的恢宏展列。行万里路，读万卷书，老肖是成功的。

从艺术风格看，诗人老肖继承了中国传统诗歌的赋、比、兴手法，又借鉴了欧美诗歌变形、通感、象征诸多朦胧诗之表现技巧，尤其是近年来攻读优秀的当代诗歌作品，他取长补短、创新营造，形成了自己既缠绵细腻，又恢宏大气；既有传统诗歌经典手法；又融合现代诗歌表现技巧。从而具备鲜明时代精神和质朴新颖的风格，站立在诗歌创作的前沿，因而给人以浓郁的美感及强烈的艺术张力……

作为第二届中国金融文学奖得主和国务院表彰的安康建行扶贫先进个人，作为二十世纪八九十年代就已追逐文学、诗歌屡屡刊发于本土主流报刊的诗人，老肖给予了我们方向：在纸醉金迷和急功近利成为时尚，文学退场、荆棘丛生、沉渣泛起的时候，有这么一些人横空出世，痴迷文学、眺望天空，《顺着山梁走》，从而薪火相传，和更多的后继者一起前行。

诗人老肖，还在《顺着山梁走》这首诗里说："此刻/眼前云雾缭绕/似梦似幻/如同当年远行的愁绪//沿着秋雨的足音/桂香做伴/心灵回到故乡/一座山的腰杆刚刚挺直。"——如是，在云雾缭绕的时下，我们想必是与诗人老肖一道书声琅琅，我写我心，桂香做伴，不负生命！

2022年6月6日，农历芒种，初稿

2022年6月9日，于贵豪领郡书房，定稿

诗意人生的吟唱或咏叹

——肖照越诗集《顺着山梁走》浅析

姜华，笔名江南雨。当代作家诗人。中国作家协会会员，旬阳市作协主席。在《人民日报》《诗刊》《十月》等国内外报刊发表诗歌等八千余篇。获奖三百余次，作品被收入二百余种选本。出版诗集《生命密码》等七部。

春天是生长诗歌的季节。

仿佛在一夜之间，季风用无形的手把陕南的晚春涂满了葱茏、明媚和律动的生命，让人们对这方山水心怀感恩。春天尚在萌芽，夏天已经翩然。进入四月，气温渐升，鸟语花香，遍地盛装。而比天气更让人暖心的是，诗友肖照越的首部诗集《顺着山梁走》就要出版了。

我与照越先生结缘久矣。他老家在安康白河，我居旬阳，唇齿相依，互为近邻。二十世纪八十年代初，我们都是安康的业余文学爱好者，因相互欣赏而彼此有了印象。可直到2012年我客居安康后，与他才得以谋面。在安康市建行任工会领导的照越，博览群书、知识渊博，为人豁达仗义、热情厚道、低调谦和，集江湖侠义与儒雅之气于一身，既有秦人的阳刚，又具楚人的阴柔。让人相见恨晚。

最早了解照越，源自他出神入化的散文。其作品锦绣、达练、耐品，颇具书卷气韵。他前些年斩获第二届中国金融文学奖的散文《八达岭读秋》，意境优美，暗喻新颖，观照古今，文藏深意，就是一篇诗化的散文。可是，让我惊讶的是照越的诗歌同样写得风生水起，着实让人刮目相看。

照越这部诗集《顺着山梁走》，共分为“大地行吟”“故土苍茫”“凡尘碎语”和“心湖微澜”四部分，精选了诗人各个时期特别是近十年创作的诗歌二百首，可以看出诗人的用心和主张。纵观全篇，他的诗中，高蹈的灵魂、诗意的人生交相辉映，充满了丰润人生的巧思、吟唱和咏叹。

现在，让我们打开这本书，一起走进照越先生的精神世界。

读照越的诗，就像跟随一个智者的生命轨迹感悟生活，其间有对山川河流的精致描绘，有对故园乡土的无尽怀想，有对自然人文的深刻认知，有对天下苍生的悲悯情怀，还有对世俗生活的细致感悟。诗中辽阔的视野和宏大的叙事无不印证着诗人胸怀天下、忧国忧民的文人情怀和对故土、对亲人的感怀之情。而这些正是读者解读诗集《顺着山梁走》的关键。

对大地的行吟与抒怀

照越的行吟诗歌，纵横捭阖，气场浩大。他驾着想象的马车一路奔跑，给词语插上了飞翔的翅膀，有着凌空的诗意。“白鹿原本是一手好牌 / 却常常被三十公里开外的白鹿仓截和 // 原上深冬的风像利刃割脸……据说在《白鹿原》有户籍的望族 / 如今都改了胃口 / 只有原上的酸枣树和芭茅草 / 还以土为食 / 闭口不谈身世。”（《白鹿原》）与常规诗作中简单的描摹、直白的坦露不同，诗中充满了隐忍和创造，意象疏密有致，诗句充满活力而有生气。且读完一首诗后，让人再次进入诗歌的意境继续联想，产生二次创作的思想碰撞。因此，照越的诗歌是不能用单一的风格和固定的诗路来定格的，他的诗歌，风格多样、手法各异，但主题又很统一。随着经验的累积，他的后期诗作愈加成熟和老辣，在不紧不慢的叙述中，展现细腻的才华和卓越的叙述能力。

照越一边行走，一边思考，把高蹈的思想融入祖国的大好河山，情景交融，相得益彰。“一座走婚桥皮肤黝黑 / 小高山的牙齿已然关不住风声 // 湖畔，蓝色的雾 / 正摇动，一枝格桑花的长裙子 / 晨风唤醒太阳 / 湖水，满面红晕 / 几只早起的水鸟 / 擦洗湖面。”（《泸沽湖》）意境优美，比喻妥帖。这样美妙的诗句在他的诗歌中比比皆是，仿佛信手拈来，有若神助。“瓷器的碎裂声 / 不绝于耳 / 江姐一转身 / 历史就走远了 / 留下深深浅浅的伤痛 / 在十字路口 / 曲曲折折地徘徊。”（《磁器口》）这些追古抚今、与时空对话的诗句，如四月霏霏细雨，撩拨着读者的情绪，让人心潮起伏、浮想联翩。

从照越的诗歌中可以看出，诗人的内心是落寞的，但是其自内而外涌动的巨大气场，又让他的内心无比丰富。他在俗世之中，也许清贫，但是在诗歌的王国里，却高贵无比又富甲天下。他善于用哲理来衬托诗意，质朴的人情、复杂的人性、异地的风景、遥远的边城，还有自然山水赐予他诗歌的灵性。这一切，让照越的行吟诗歌变得立体、丰满、多姿而又有韵味。

对故土的讴歌与赞美

照越是一个多产、质高的诗人。他创作时认真、严谨的态度令人感叹。特别是他的怀乡诗歌真实、饱满的情感让人动容。“远处的汉江像一道孤烟在天边升起/崖下，疯长的楼群已齐山腰深……//几滴断魂的唐诗/逃出杜牧雨中的酒家/去追赶/那些出远门的人……//而在漫山返青的追思里/我看到，那袅袅之影/像呼唤，又像旌幡/猎猎招魂。”（《清明》）从某种意义上而言，我们都是异乡人。照越诗歌最触及人心的就是从一个异乡人、一个游子的角度去抒写故土、追忆曾经。作为土生土长的秦巴汉子，其笔下那些对故土的描写，精致、动人，无不吸引着读者深思、遐想。

首先，故土亲情是诗人笔下最朴素的记忆，是诗人的胎记。照越诗中对于故园亲情的描写，温暖、形象而忧伤。“目光放回原处/那河依然年轻/而这个春天的芳华/不再属于我。”（《那条河》）“您一生挺拔/一辈子唯一的弯腰/是在奶奶灵前。”（《在父亲墓前》）“故乡是一碗酸辣面/自从喝了汉沔之水/便有了秦地凉皮的性格//往往在夜间，柔软如蛇/一梦醒来，便把岁月摔打成鞭子/又长又筋道/抽在身上/很疼。”（《故乡的性格》）“母亲发丝枯槁/双目混浊，双耳寂静/几粒返青的鸟鸣似乎与她无关。”（《到母亲身边去》）这些新颖、精当的比喻将故乡的风景、人物生动地联系在一起并绘入一幅风俗画中，让读者读来，有种置身其间的感觉。诗人着眼于乡土最朴实的存在，其笔下的故乡被描绘得形象且栩栩如生，从而让读者在品读这些诗作时，脑海中总会不停地浮现出这样的画面：行走在家乡的小路上，四野庄稼茂盛，村舍炊烟袅袅，鸡犬之声相闻。这些静谧和谐的景致无不惹人艳羡、引人留恋。

其次，故园景色是诗人诗歌中最常见的物象，是其诗歌创作的不竭源泉。在《顺着山梁走》中这样的抒写随处可见。“自从走进我的心里/血液就有了奔腾的冲动//蓬草间，有河水远行的足音/云端处，太阳把饯行的盘缠，和盘托出。”（《厚子河》）故乡山水是寂寞、忧伤的存在，那么辽阔，那么神奇，是游子永远的牵挂。“父亲再次回到田野/操持他的农事……/他不懂水文/气象，却把长长的沟渠/不经意引上了脸庞。”（《一片田野开阔于父亲的脸庞》）在这里，读者既可以看到土地孕育生命的最原始的本质，也可以略窥随着社会进步，人与故土之间既剥离又牵绊的关系。诗人通过对故土的描绘与书写，既展示了秦巴大地美丽淳朴的自然风貌，又写尽了一位异乡人对故园的依恋、赞美与厚爱。诗中这份淳厚的乡土情怀，是《顺着山梁走》的诗眼，也是诗中最动人的部分。

照越的诗歌，没有晦涩的词句，没有饶舌的无谓表达，不装神弄鬼，也不人云亦云。读完他的诗，然后冥想一会儿，自有画面在脑海中浮现。诗人怀乡思乡的真情，以及对个体命运的慨叹跃然纸上。

对苍生的悲悯与关爱

《顺着山梁走》集诗人几十年诗歌创作经验之大成，诗中对世俗人生的所见、所感、所悟深入人心，尤其是对平凡生命的同情、关爱与悲悯，触及人心，引人深思。

诗中对漂泊他乡之人的关爱惹人动容。《夜路》中那个孤独的异乡人，“早年出走的钉子 / 已安身于苍穹 / 一根火柴走上夜空 / 划出一道优美的弧线 / 像伤口，又像省略号”；《表弟王大发》中那个表弟，“表弟在外混了二十年 / 却始终没能挣到比他的名字 / 更响亮的东西”；以及《阳春》中再次远行的农民工，“年过了，节也过了 / 被一片雪花捂住的暖意 / 质地成色都在 / 冻疮渐好。开花的阳春 / 只要不戳我的痛处就行”。诗中对于漂泊者感同身受的叙述，诉尽了人世现状，道尽了人情冷暖，他的悲悯之心，令人叹息。

诗中对平凡生命的同情让人动容。诗人凡所见者皆可入诗，无论是打工者老曹“一只过路的寒鸟 / 此刻正被大雪压住嗓音 // 早上出门，又遇到 / 佝偻着腰身的农民工兄弟 / 老曹。问其工伤，老曹一句怒骂 / 骂完，那问号似的身躯 / 慢慢向工地挪去”（《大地苍茫，寒鸟之鸣被一场雪覆盖》），地铁上的见闻“老曹紧紧盯住车门上方 / 不

断变换的站名 / 以防那些惶恐的文字走失”（《地铁上的农民工》），还是“从一棵乌桕树 / 若隐若现的不安中 / 我听出了密林深处的破碎”（《一棵进城的树》），诗人对这些散落在世俗中卑微的生命，给予了极大的关注与歌颂。由此可见，诗人对那些平凡朴实的生命有着深沉的感悟，使他的作品中所蕴含的人间之爱虽琐细，但却温暖而深厚。在《顺着山梁走》中，处处充满了对平凡生命的关怀、共情与赞美，这些无不显示着诗人广博的胸怀和无尽的善念。所以照越的诗歌温情而朴素，厚重且平凡，这也是其诗歌最真实的标签。

对灵魂的反诘与赎救

江南才子、著名诗人潘维曾说：“为什么写诗？这一问题追逐了我许多年。直到剥开洋葱，让每一片都摊开。最初是源自一种想表达的欲望，其实可以说是个体生命在寻找社会意义，他在时间的茫茫人海里寻找自己的那张脸；再进一步，美学企图产生了，也就是说希望用语言炼金术，拯救出某些人性的纯真；最后抵达，每首诗都是一场文化仪式，用来调整灵魂的秩序。”

一方水土的人文历史浸淫着一个地方的文化底色，也是地方品格精神的外在表现，必将在诗人身上留下深刻的烙印。因此，照越广阔的视野中最聚光的部分也正是对安康乃至陕西人文历史的深刻感悟。“在故乡，雪与月色 / 早已握手言和 / 我曾发誓，在这个夜晚 / 不能拖累月亮 / 和我一起虚度时光……// 那些瘦骨嶙峋的文字 / 于月白之夜 / 先后冻死在雪地里，一动不动……”（《一些文字冻死在雪地里》）照越诗歌的厚重性还体现在既有对地域文化和历史的观照，也有对灵魂的反诘与赎救。

读诗集《顺着山梁走》，一方面可以在诗人恣肆汪洋或低吟浅唱的诗意中触摸、感悟诗人的心路历程与行走的痕迹，在《眺望南山》

中，诗人写道，“滈河绕过一个王朝的内伤 / 把窦太后送进传说 / 前朝硝烟，并无云横秦岭的意境 / 常宁宫一声叹息 / 神禾原，默不作声……// 此刻，南山传来陡峭的风声 / 柳青墓前，我献上几个初秋的橘子 / 让先生知道 / 人间，依然有酸甜”，从历史的长河中管窥人事的枯荣与江山的代谢；从《世子之梅》中，探知一个帝国与一个人的宿命，“明世子朱敬珍早已凋谢 / 他的封号，还开着 / 像一朵纸花 / 插在岁月的香案上”，读罢令人叫绝。从《山水辞》中，可以触摸一位诗人玉树临风般高蹈的灵魂，“一块石头修炼千年 / 在我的眼前坐地成佛，教化山水 / 让忸怩的曲线 / 渐次皈依……// 我怀揣一块石头 / 在悲悯与坚硬之间构筑善缘 / 此时，只希望每一块凹凸 / 都生长佛心，度我 / 度众生”；另一方面，从个人灵魂的反思与追问中寻找自赎的喻体，在《沉默》中，我们可以窥见一位诗人的灵魂之光、踏上诗人的精神之旅，“一只蚂蚁，怀揣 / 青山与河流 / 顺着藤蔓，爬到 / 一朵喇叭花上 /——那是它一生的 / 灿烂之地”。诗中道尽了诗人的心路历程。多少时光过往，多少人生沧桑，让人无不感慨、深思。

古罗马诗人贺拉斯说：“仅仅有美，对诗来说是不够的。诗应该打动人心，把听从的灵魂引导到诗的意境中去。”照越是个精细的人，他平时读书，皆有批注和心得。他对缪斯女神的虔诚无以复加，对诗歌语言文字的苛求常人更是难以企及。当然，这样对文本的精雕细琢也许要承担一定的风险，即对璞玉的伤害，使其失去原汁原味的成色；过度研磨的食材则会让其失去原有的粗粝，使读者丧失咀嚼的快感。英国诗人济慈说：“如果诗的写成不能像树叶发芽那样自然，倒不如不写为妙。”照越在诗歌中善用短句，但使用过多也会使诗歌语言生硬，失去应有的弹性和张力，影响抒情的饱和度，使诗歌陷入同质的旋涡。这些都需要照越在今后的诗歌创作中自觉和警惕。

诗无达诂。

英国诗人华兹华斯说："诗是强烈情感的自然流露，它源于宁静中回忆起来的情感。"照越的诗歌巧妙地把个人体验和生活的丰富多彩结合在一起，随着生活的诗意向前。从他诗作的创作走向看，一直是呈现出向上的指摘，而无向下的颓丧表达。这也表明了诗人的写作立场，以及坚定的道德底线和人伦操守。读照越的诗，犹如在月光下欣赏一把宝刀，可以感受到诗歌之美带来的灵魂战栗。

照越是个优秀的诗人，内心锦绣、才情充沛、低调好学、良善待人、严于律己，是一位充满人文情怀，也懂得感恩并向往洁净方向的诗人。

写下这些浅薄的文字，以表达我对照越厚重人品由衷的敬意！

彼时，踱出室外，但见月居中天，星光闪烁，四野空晗，万物生长。我仿佛听到有天籁传来，由远及近，经久不息……

壬寅5月下旬于安康东郡

一棵长满诗的树

——读肖照越诗集《顺着山梁走》有感

李伦，重庆市人。毕业于解放军艺术学院（现更名为中国人民解放军国防大学军事文化学院）文学系，中国作家协会会员。著有长篇小说《远去的杀声》《迷失之鸟》《青春的绿军装》；长篇纪实文学《红色摇篮里的孩子们》；在《中国作家》《昆仑》《中篇小说选刊》《解放军文艺》《青年文学》《萌芽》《清明》《延河》等刊物发表大量中短篇小说。作品多次在军内外获奖。

夏日，万物生长，花木茂盛。我收到肖照越先生即将出版的诗集《顺着山梁走》，如在山野中忽然看见一棵长满诗的树，十分欣喜，并为他高兴。

我跟肖照越成为文友，是在六七年前。他出生在陕西安康的白河县，从小喝着汉江水，行走在大巴山，生活在田园中，这样的山水田园浸润了他的灵魂，坚硬了他的性格，也滋养了他的文学艺术细胞，自然而然他就长成了一个诗人的模样。通过他发表的诗，看到他行走的背影和步履。他偶尔来到西安，更多的时间在故乡陕南，或者在旅途之中。因此，当他把诗集《顺着山梁走》送到我面前时，确实令我感到有些震惊，洋洋洒洒二百首，可谓壮观，就像我前面说的，如同在山野里看见一棵长满诗的树，满眼苍翠。

肖照越的诗集《顺着山梁走》，一共分为四辑："大地行吟""故土苍茫""凡尘碎语""心湖微澜"，从这样的内容划分来看，大致明确了诗集的走向。我简单地理解为，第一部分是诗人在人生旅途中留下的足迹；第二部分则是反映诗人对故乡故土的情感；第三部分是诗人面对庞杂纷繁的世界给予的观照；第四部分是诗人自我内心的挖掘和思考。从这些内容来看，既有对社会历史的叩问，又有对现实生活的关注；既有对自然山川的行吟，又有对平凡生命的讴歌；既有对土地家园的乡愁，又有对人性灵魂的追问——以个人的叙事视角，展现社会的宏大背景和脉动，以饱满的激情和冷静睿智的笔触，书写时代进程悄然发生的嬗变，体现出一个诗人的责任和担当，也展现出一个诗人的视野、胸怀和品格。

总体来说，读完诗集《顺着山梁走》有以下几点浅薄的感受：

肖照越的诗，语言清新、文字优美，具有中国传统诗歌的风格。文学是语言的艺术，作为文学中的文学，诗歌对语言的要求则更高。我国最早的诗集《诗经》，东汉魏晋时期的《乐府》，以及之后的唐诗宋词，在诗的语言方面都达到了难以企及的高度，成为中国古典文学的经典。传统诗的语言本身具有很强的韵律感，读起来朗朗上口，且谱上音乐还可以演唱，所以人们又将诗称作诗歌。如"关关雎鸠，在河之洲。窈窕淑女，君子好逑"（《诗经·关雎》），如"君不见，黄河之水天上来，奔流到海不复回"（李白《将进酒》），如"大江东去，浪淘尽，千古风流人物"（苏轼《念奴娇·赤壁怀古》）。现代诗也叫白话诗，是从西方文学引进演变而来，将句子进行分行排列，更加自由开放，虽不严格要求平仄韵律，但依然讲究音乐节奏。如徐志摩的《再别康桥》，如余光中的《等你，在雨中》，如舒婷的《致橡树》，等等。诗的语言不仅于此，还要求做到凝练、含蓄、生动、形象、具有跳跃性等，这样才能实现塑造形象、营造意境、传递情感，与读者达到思想、情感和艺术的共鸣。而我们现在普遍看到的、大量充斥于网络媒体上的各种所谓现代诗，要么是满嘴的“口水”，空洞肤浅、乏善可陈；要么就是似是而非、莫名其妙的“炫技”，故作高深，晦涩难懂。因此，读到肖照越的诗就感到难能可贵，给人一种春风拂面、脚踏实地，非常接地气的感觉。

《顺着山梁走》里面的诗，大都语言简洁明了、清新隽永，不论是状物、叙事或是抒情，往往寥寥数语就勾勒出一幅秀丽多姿的画面，或展现出深沉幽远的思想情感，犹如一幅中国的山水人物画，或工笔或写意，给人一种干净清爽的印象。读肖照越的诗，明显有一种独特天然的辨识度，他的那些诗句带着大巴山的清风，带着汉江边的晨雾，带着田园里的泥土，带着山里人的俚语，湿漉漉、水灵灵、活生生地洋溢着一股迷人的气息和味道。这样的语言风格，既与中国的传统诗风一脉相承，又对现代诗歌语言进行了积极的探索和学习，是值得肯定的。

肖照越的诗，意象纷呈，相融相通，营造出一片丰富多彩的艺术境象。诗人寄情于物，把抽象的主观情思，演绎成可感可触的艺术形象，使情思得到鲜明生动的表达，最终实现艺术创作的目的。如果把诗比喻为一棵树，意象就是这棵树上的枝叶，假如没有枝叶，那这棵树还有什么可看的呢？读肖照越的诗集《顺着山梁走》，就会看到满树枝叶，摇曳生姿。

“在洪湖，苇草们探头瞭望的眼神/像极了当年/那些眼观六路的英雄/临风不乱，坚定、机警。”（《向一片苇草致意》）诗中借物象“苇草”，把当年洪湖赤卫队队员的形象生动地表现了出来。“翠绿，是这座山留给岁月/最宏阔的遗产/如同父亲的遗嘱，真实而沉重/胜过秦砖汉瓦，高过/三千红尘/而狂奔的车轮/却把它，忽略在风中。”（《穿越秦岭》）诗人由列车上匆匆看到的景象产生联想，进而抒发内心的感怀。“是工人，我就关注/每一粒汗水的结晶/严把品质品相，让所有该对接的心愿/都严丝合缝//是农民，我就做土地的恋人/让土里冒尖的子孙/一出世，都品貌端正//是军人，我首先捍卫一双眼睛/远看风云，近看微尘/让所有的路标都指向和平。”（《走过十月，我以这种方式爱国》）诗中取叙述的象，寄理于事，借事明理，达到相互交融的效果。

肖照越的诗立意取象有着自己独特的追求。在立意上，不论是旅途的所闻所见，还是对故土的记忆思念；不论是凡尘社会的“碎言碎语”，还是对内心世界的挖掘思考，都主题鲜明、思想开放。既契合社会现实的脉动，又具有强烈的个体意识，如阳光照耀，从普通事物中折射生活的本质，从平常细微处洞察生命的意义，给人以深刻的启示。在取象上，诗人注重虚实照应，以事物的具象营造心中的虚象。在诗中，或以实带虚，或以虚写实，实象虚出、虚象实出，使诗句产生灵动，产生通感，达到一种飞越和朦胧、耐人寻味的意境。一首好诗，就是意象和意境的巧妙铸合。这一特点，在肖照越的诗集里我们可以随处读到。

肖照越的诗，情感饱满，真实细腻，彰显出对时代和生活的真挚情怀。透过《顺着山梁走》，我看到了掩藏在他那平静和冷峻的表情之下的内心所聚集的炽烈情感。他写红色历史，激情飞扬，一腔热血：“把荣光举过头顶/登上敬仰的高地/我的视野，从此宏阔。”（《行摄延安》）“十三根铁索/把一部历史紧紧拉住/也拉住了一部史诗的隽永。”（《泸定桥》）他写故乡故土，情真意切，充满思念：“故乡是一碗酸辣面/自从喝了汉沔之水/便有了秦地凉皮的性格。”（《故乡的性格》）“一粒被时光磨损的石子，披着月光/跃入白石河的胸腔/打开水的年轮//故乡/被思念拉长/长过一条汉江。”

(《水城白河》)他写父亲母亲，最为深情，直抵肺腑：“父亲曾是一名地质队员/常年跋涉于秦岭南北陡峭的山水/把青春置于险处/落下的腿疾使他的后半生，步履/再也没有矫健过。”(《遗产》)“暖阳下，母亲的发丝枯槁/双目混浊，双耳寂静/几粒返青的鸟鸣似乎与她无关。”(《到母亲身边去》)他行走山川河流，对大自然顶礼膜拜，对生命赞美讴歌。他写秦岭“面相高古，清风温润”；写岳阳“八百里洞庭，气色饱满”；写泸沽湖“蓝色的雾，正摇动，一枝格桑花的长裙子”；写大理“苍山洱海清丽如许”；写小兴安岭“每一粒芽苞，都呼唤我远去的青春”；写庐山的松“挺拔而轩昂”；写太湖秋石“身板很硬，柔情很软”；写三峡秋雨“雨水砸下来的时候，一条江都哭了”……这样的诗有许多，构成了肖照越诗歌丰富的情感世界。这种真挚的情感温暖而亲切，给我们带来了审美的愉悦和打动人心的力量。

肖照越的诗，兴发洞见，善于思悟，凸显出理性的意识和社会担当。读肖照越的诗集《顺着山梁走》，每走一步，都能够感受到诗人的所思所想，并给人以启迪和思考。诗集中的诗都不长，但涉及的题材广泛，写河流山川，写故土乡情，写历史名胜，写个人感怀等，都没有简单地停留在事物的表面，而是紧扣时代的脉搏，紧贴社会的现实，聚焦生活和人性的深处，表达自己的所思所想，表现出一个诗人的社会责任和担当。在《有感于德国特里尔市推出马克思肖像指路灯》里，他借物言志，明示初心：“一百七十年前，两位德意志青年/用钢铁般的宣言/铸成一盏灯/为人类理想指路。”在《郑国渠》里，他叩问历史，借古鉴今：“三百华里的距离，足以/让后世重新构思步履/续写波澜与壮阔/并让人间找到真理，鉴别/清浊。”在《大地苍茫，寒鸟之鸣被一场雪覆盖》里，他用写实的笔触，刻画受伤农民工的痛楚，并为农民工兄弟发声：“仿佛这个世界，原本/如此/一只过路的寒鸟/此刻正被大雪压住嗓音。”在《眺望南山》里，他在人民作家柳青墓前思考："我献上几个初秋的橘子/让先生知道/人间，依然有酸甜。"这些都体现出诗人的良心、良知和社会责任，既追求大道和大义，又关注现实和人生，把个人的思想感悟升华到一个至高的境界。

读肖照越的诗集《顺着山梁走》，就像跟随着他的脚步，从诗行里领略他看到的风光，流连他描绘的景色，澎湃他内心的情感，沉浸他感悟的思想。整部作品天高地阔、深厚辽远，有情怀，有大义，有筋骨，有意境，有温度，有追求，是一部"记录新时代，书写新时代，讴歌新时代"的好作品。他就像山野中一棵长满诗的树，扎根于土壤，坚挺着身躯，摇曳着枝叶，用诗的语言，讲述一个又一个自己的故事。诗集《顺着山梁走》既是肖照越在诗歌创作道路上一个阶段的收获，也是他将继续向更高目标前行的一个起点。我有理由相信，以他那执着而坚毅的性格，他还会给我们带来更多的愉悦和惊喜。

文章合为时而著，歌诗合为事而作。愿肖照越顺着时代前行的方向和生活活水的源头，继续向前走，走得更加步履矫健，走得更加多姿多彩，走出一片新的风景和天地……

诗意，先于春天抵达

笔名吴文茹（本名吴群英），生于新疆伊犁，现居陕西西安。中国作家协会会员，鲁迅文学院第三十一届高研班学员。著有《雪域星生》《山流水》《我愿是雪花》《太白》《雪又白》等五部文学作品集，发表散文、报告文学、微型小说等三百余万字。

“太阳还未露头 / 县城对面的纱帽山 / 就开始，口吐莲花 // 那些冒芽的词根 / 正向树梢缓缓集结……”

一个春晨，风捎来好诗情：“山那边，春天已经出发。”肖照越的诗集《顺着山梁走》即将付梓。

肖照越年长我几岁，我们都从业于金融系统，又都隶属于金融作协。既是同事，也是文友。这些年，读他的诗，就像他写的《穿越秦岭》：“一座山，面相高古 / 我的行色却是如此潦草 / 清风温润。山风 / 喊出跌宕的音律……”

在肖照越的诗中，情与景互动，哲思与意象融通，于静笃中见峭拔，于澄明里生跃动，饱含着人文情怀和精神内质的光泽。

俯拾即是，悠悠天钧。我酷爱雪，在肖照越的诗里读到了不一样的雪。如《壶口雪意》：“雪的表情 / 高原情怀，以及 / 一部史诗，为序为跋 / 远行与跌宕 / 天地兀自洁白……”

又如《一些文字冻死在雪地里》：“一场雪专注于白 / 进而攻陷足履的硬度 // 在故乡，雪与月色 / 早已握手言和……// 那些瘦骨嶙峋的文字 / 于月白之夜 / 先后冻死在雪地里，一动不动 / 像极了，我儿时在谷场上 / 踩死的蚂蚁。”

再如《拜谒一粒雪》：“风，试图刺破整个冬季 / 比风坚硬的，是那些粗糙的骨头 // 纷纷扬扬，放浪形骸 / 终归一世清白 / 有万树银发，白头群山做证。”

从肖照越的诗中，我看到了“荒荒油云，寥寥长风”的雄浑，也感受到了“生气远出，不著死灰”的精神。

诗歌对于肖照越，就是他的爱神。几十年来，他一直坚持写诗，也一直坚持读诗。他一直订阅着《星星》《诗刊》，他的诗也像星星点灯，时不时闪耀。

清涧之曲，泠然希音。我喜欢跋山涉水，肖照越诗中的山水，有着不一样的意蕴。

如《水面》：“平如镜，被时光摁住/来路上的一波三折//汹涌愈浓，宁静愈深……”

如《山水辞》：“一块石头修炼千年 / 在我的眼前坐地成佛，教化山水 / 让忸怩的曲线 / 渐次皈依……// 我怀揣一块石头 / 在悲悯与坚硬之间构筑善缘 / 此时，只希望每一块凹凸 / 都生长佛心，度我 / 度众生。”山水禅意的诗句，清净淡远，哲理入诗，不着痕迹。有“悠悠空尘，忽忽海沤。浅深聚散，万取一收”的含蓄，也有“水理漩洑，鹏风翱翔。道不自器，与之圆方”的委曲。

上善若水。一个诗人的本质，就在于他能避开哲学道理的晦涩难懂，与当下的困境或诉求发生精神上的内在关联，给人带来一种通透明亮的启悟。诗人将对自然的敬畏，诗写对山水的皈依，实现了一种有意义的奔赴。

素处以默，妙机其微。我喜欢茶，特别喜欢来自陕南安康的绿茶。

我在诗中品《茶》：“从秦岭之南出发 / 越汉江河谷 / 钻进一只翠鸟的喉咙 // 在鲜嫩的纹理中 / 寻找出发的路径 / 一阕绿色修辞，被乡间民谣 / 带过南方山野……”

品茗中，我刚好收到从安康送来的绿茶，又读到了《一棵进城的树》：“一棵树，从山野到城市/放不下的东西很多/野秋梨、酸枣树、巴茅草、救命粮/炊烟和山风……//从一棵乌桕树/若隐若现的不安中/我听出了密林深处的破碎/那些高耸、蜿蜒、幽深、陡峭/饱满、残缺、矗立、寒冷/都曾在它的语气中/进出、摇晃//此刻，窗外那只不知所措的鸟/正对着我，眨眼。”这首诗，活脱脱地表达了我对一棵茶树的极力辨认，也表达了诗人要以诗给世间万物命名的笃定。而另外一首《困》，仿佛续章：“几只麻雀撂下不实之词/飞走了/村庄的惶恐穿过苦楝子花的视线/在一个雨雾之晨/寻找迷失的光/那些飘忽不定的惊惧/一次次砸伤大山的心灵……”

如果一个诗人的诗句，恰巧能砸中你的心灵，我以为就是一首好诗。因为，这种被砸中的概率，就是作者和读者之间的共情和默认。如觅水影，如写阳春。俱似大道，妙契同尘。诗人肖照越善于从现实生活中，抽取生命本质的况味，于自然嬗变中，探寻生命深处的悸动，为主体漂泊、精神失所的现代生命个体画像。在他的诗中，地域性和普遍性相通，个人与时代，以一种“原始”和“新生”的态势，写意立命。

倘然适意，如是得之。肖照越以一首《顺着山梁走》的诗，作为诗集的书名，恰当而美妙。顺着山梁走，是动态的，也是意象的，更是诗人一路走来的态度："顺着山梁走 / 你就会找到'青云小筑' / 像路碑，又像一位沧桑行者 / 筚路蓝缕，俯瞰山川 // 此刻，眼前云雾缭绕 / 似梦似幻，如同当年远行的愁绪 // 沿着秋雨的足音 / 桂香做伴，心灵回到故乡 / 一座山的腰杆刚刚挺直。"

山是山，山也是人。山高人为峰。山梁，是山涧上的桥，它也是山脊和山谷，其间有涧溪流过。山梁不是山底，它有一定的高度，它也是一个山顶。

山梁上行走的诗人，就是自己的山峰。诗人肖照越的诗歌，无论周遭多么喧嚣，诗坛多么众说纷纭，他始终保持着较高的写作水平。他的作品也有辨识度，既接地气，又有文气。而这一切，在于气韵的流动，就像是他俯身大地的行吟。挺直腰杆的山梁，是其"硬核"，是诗人深入骨骼的自我解构，深入存在的本质剖析，深入文化的诗学探求，树立起了一个特立独行的诗人形象。

阅读一部诗集，其实就是阅读一个诗人的精神史与心灵史。一部诗集的诞生，不在于它遇到了多少人，而在于遇到了懂他的人。

就像："山的急切被一缕早起的风牵着 / 晨光，正给一个全新的修辞 / 润色。"

在诗人肖照越的山水晨曦中，我读取并领会了一种清醒和尊重。

春天里，诗人顺着山梁走过，他明白《是花，都应在春天找到名分》："菊花在初秋完成修炼 / 秋葵坐禅 / 而所有的春花 / 都在眺望……"

山梁上，隐去了落霞的余光。诗人眺望着属于他的那一朵"入定"。

肖照越人诗合一，整体气质儒雅，诗心谨重，简静留蕴，安句自然。他以正襟危坐的孤独气质，沧桑且淡泊，厚重而丰饶，于独白的抒写中，建构与世界和解的诗境。

诗意，先于春天抵达。《顺着山梁走》，可感知司空图《二十四诗品》的诗歌美学的神思与文采。因此，我以其中的“自然、实境、冲淡、疏野”等读之，顺应诗人的飘逸气质和旷达精神，唯愿能识得真义一二。谨此，恭贺《顺着山梁走》问世。

微风轻拂，萦绕山梁。诗意，从春天抵达春天。

2022 年 5 月 31 日文茹读记于长安素雪斋

跟着传统走，跟着感觉走

——肖照越诗集《顺着山梁走》读后

方晓蕾，医生、作家。中国作家协会会员，安康市妇幼保健院党委委员、纪委书记。出版有小说集《方晓蕾小说选》《红颜知己》，散文集《我在生活》等五部。

肖照越先生是我的兄长，也是我的老师。他开始发表作品的时候，我还在上中学；他成为知名诗人时，我才开始写作。可以说，我是读着先生的诗成长的，但那时未与先生结识。机缘巧合，我夫人在先生手下供职，之后便认识了。我和先生都是业余写作。先生先后从事过插队知青（民办教师）、武装干部、党史编辑和银行职员等多种职业，却对文学，尤其是诗歌爱之至深。我从医，业余也就是读读书、写写小东西。如此，便与先生有了很多共同话题。想想，一晃过去近三十年了。如今，先生的诗集《顺着山梁走》即将付梓，我先睹为快。说是先睹，也不全是，准确说应该是重读。这些诗歌，当年甫一发表，或者发表之前，我都学习过，现在又集中欣赏，感受愈深。

阅读《顺着山梁走》，我至少有以下感受：

跟着传统走，诗歌大有可为。什么是诗歌？大家都知道诗歌是起源于上古的社会生活，因劳动生产、两性相恋、原始宗教等而产生的一种有韵律、富有感情色彩的语言形式。不合乐的称为诗，合乐的称为歌。《尚书·虞书·舜典》记载：“诗言志，歌永言，声依永，律和声。”

《毛诗·大序》记载：“诗者，志之所之也。在心为志，发言为诗。”可见，诗歌就是人类工作之余发自内心的需求。她当然“高大上”，但绝对不会脱离民众。文学，即使小到诗歌这个门类，当然允许百花齐放，也允许各种实验和创新，但诗歌的主流还是传统的、言之有物的、言志咏物的、通畅晓白的……例如《诗经》，例如《咏鹅》，例如《登鹳雀楼》，张口就来，一生难忘。即使晦涩如李商隐，你照样能感受到诗歌的美好与美妙。再者现代诗，舒婷的《致橡树》不美好吗？不朗朗上口吗？不让人难忘吗？说这么多，我其实就是想说，肖照越的诗与传统非常近，没有花里胡哨，没有取奇猎怪，没有故弄玄虚。有的是常见的景象，平常的事物，真实的情感，朴实的词语。举个例子《棉花糖》：“我小的时候 / 白云飘在蓝天上 / 如今的孩子 / 想要，云朵就到了自己手里。”四行诗，有意象，有情感。非常好。当年读过一遍，至今出口能诵。肖照越的诗大抵都是如此吧，非常传统，但又诗意盎然。从这本诗集里，你不难看出，传统出好诗。跟着传统走，诗歌大有可为。

跟着感觉走，好诗自然来。诗是什么？是心田里流出来的歌。感觉是什么？是发自内心的感受，是我们对生活的无限向往和需求。有感觉了，才能发乎情；触动心弦了，才会出好诗。感觉并不是不可捉摸的东西，而是我们对这个世间的认知。跟着感觉走，也并不是放任感觉自流。感觉到位了，感情饱满了，诗意自然流露。阅读肖照越先生的诗集《顺着山梁走》，处处见真情，字字有感觉。可以说，他的诗是他感觉的文字化，是他感情的诗意化，是他感受的纸上云烟。我们看他的《晚水》：“蒹葭苍苍。父亲早生华发 / 我也是 // 江流尽头，余晖将近 / 我并不急于走入 / 那是横亘于他乡的一堵墙啊 / 一旦过去，我就难以回头 / 而一片秋叶 / 无法缝补整个春天 // 不远处，晚霞与流水 / 相拥而泣。江面上 / 落下夕阳的喟叹。”再看书名同题诗：《顺着山梁走》：“故乡的秋雨像鞭子抽打在身上 / 有些隐痛难以言说，却又 / 真实而确切 // 一位农民工兄弟的苦难史 / 矗立在大巴山上。顺着山梁走 / 你就会找到‘青云小筑’/ 像路碑，又像一位沧桑行者 / 筚路蓝缕，俯瞰山川 // 此刻，眼前云雾缭绕 / 似梦似幻，如同当年远行的愁绪 // 沿着秋雨的足音 / 桂香做伴，心灵回到故乡 / 一座山的腰杆刚刚挺直。”很真实的感受，很朴实的感觉，但留在纸上的却是让人咏叹的诗歌。

世事万物有情义，一草一木皆入诗。肖照越先生的诗歌题材很广泛，一山一石、一草一木，一次旅行、一次偶遇，一场风、一场雨、一个闪电，一夜伤心……在他的眼里心里，没有什么不是诗。这不就是“一花一世界，一叶一菩提”吗？入得法眼，满心诗意。这本诗集分“大地行吟”“故土苍茫”“凡尘碎语”“心湖微澜”四辑，从辑名，你就不难看出题材的广阔。如果再仔细看看每首诗的题目，更是包罗万象。我与先生接触颇多，先生不仅是性情中人，也是个非常感性的人。人说愤怒出诗人，其实情义也出诗人。肖先生爱旅游、爱摄影，他游遍祖国大好河山，所到之处皆有诗。先生是安康市白河县人，白河为汉江边的小城，水色养人。白河出美女，也出先生这样的诗人。先生写白河：“于天池岭上背光而坐 / 远处的汉江像一道孤烟在天边升起 / 崖下，疯长的楼群已齐山腰深 / 江城茂盛，爨薪之皿 / 盛满陕南丰腴的烟火。”多好啊！爱之切，诗之深。

诗歌不排斥忧国忧民，但我以为，其本质就是歌颂美好事物。人生不过百年，用优美的诗歌歌颂万物、净化心灵，善莫大焉。从这个意义而言，肖照越先生的诗歌、肖先生的这本诗集是非常成功的。她记录了先生几十年的心情、心得、生活，她回顾与记录了先生的羁旅痕迹。同时，她带给我们无限的积极意义。

我很喜欢这部诗集。虽然我不知道肖先生为什么选择《顺着山梁走》这首诗题作为诗集名，但我知道一定有着特殊意义。因为顺着山梁走，一定能走上山峰，山峰之上一定又是一片迥异的风景。

后记

定下此书名，我稍稍松了口气。虽不完美，却也质朴，有乡愁，有跋涉，内外契合，且来自本书的一首诗题，也算“发轫于内”吧。

我的少年时代，是一个知识贬值的年代，精神饥渴是主要问题。有一天，哥哥从朋友处借回两本书，一本是《在祖国的山南海北》，另一本是描写滹沱河的书（书名忘了）。《在祖国的山南海北》，书里的那些描写祖国山河的昂扬文字，激起了年少的我无限遐想，甚至牵引出对今后职业生涯的联想——我下决心，长大后一定要当一名记者或者地质队员，游遍祖国的山山水水，并写出自己的文字。这个信念也激发了我对地理的兴趣，以至于我家现存多部各种版本的地图集，闲暇时，总喜欢在地图上放飞目光和心灵。在后来的人生旅程中，无论职业生涯如何忙碌和变换，只要端起书本，心中总有《在》的影子，念念不忘。终于在我年届半百的那年9月，通过网上搜索，从天津旧书市场购得了这本书。这是一本1965年由少年儿童出版社出版的报告文学集，封面和插图充满那个年代特有的劳动建设气息，质朴而生动。书中收录了《在茫茫的沙海上》《西沙风情》等七篇文章，这些作品反映了祖国边远地区的自然风光、物质资源和建设成就，字里行间充满了那个年代为国家建设的理想、豪迈、激情和奋斗精神。那时，个人的理想抱负甚至情感，都是与国富民强等伟大愿景相联结的，所有的心愿都自觉服从服务于祖国发展这个索引，格局宏大、质朴而激越，是衡量人生价值的至高标准。这，对一个“三观”处于形成期少年的心灵来说，是催发、是塑造、是指引。这是一本好书。

1976年3月，带着《知识青年地图集》和《钢铁是怎样炼成的》两本书，接过母亲给的三元钱，背着简单的行李，我和同学们一路歌声，被一辆解放牌大卡车送到大巴山区一个叫槐坪的村子（那时叫大队）插队落户。为了表达“大有作为”“改天换地”的决心，到村的第二天一早，我就和同学们到房后的崖畔上挖了一棵小白皮松，移栽到知青组门前的路边上，取名“扎根树”。槐坪不平，满山植被宛如一件硕大的蓑衣，披在一座高山的肩背上，坐西向东。村后的主峰叫葫芦寨，从山顶向东延伸着三道山梁，由南往北像“个”字排开，依次叫天宝寨、关庙垭和女儿寨，其间的两条沟分别叫干沟和哭儿沟，整个村庄就分布在这“三山两川”之间。村民们早出晚归、日作夜息，平静而朴实。村庄远端，是连绵起伏的大巴山余脉。这里气候温润，一年中，无论哪个季节，只要下一场雨，就连续几天，雾海茫茫。从槐坪六队的知青组门口望去，那一望无际的雾海一直延伸到天边，像康庄大道；其间的几座山峰形似岛屿，挺拔而坚毅。太阳升高后，雾会慢慢散去，这时的村庄万木如洗，清新而明亮。青翠或斑斓，随季节而变，赏心悦目。

初入社会，有迷茫，有苦闷，有担忧，有挣扎。劳冗之苦还在其次，生活之差也不在话下。常常使人无法安枕的，是精神的空虚和对前途的担忧。命运不在自己手里，“唯二”能做的就是——好好劳动，尽力读书，所谓耕读相济。务农十个月，我慢慢学会了大部分农活，背粪、抬田、薅草、犁地、掰苞谷、拔黄豆秧、割麦子、砍柴、修农机……流过汗，受过伤，挨过骂，摔过跤，但我从未屈服。这一切耐受力的基础，均来源于我道班工人父母的言传身教。小时候，常常听到外婆用她浓重的鄂地口音絮叨：“人只有病死的，冇得累死的。”

外婆说这话像是自励，又像是教育晚辈。母亲也常用这话来教育我们，因此，从小学开始，我就跟着姐姐哥哥一起劳动，抬水、放羊、养兔、喂鸡，放假就在外抬砖头、担沙子、砸石子儿，哪怕一天挣几毛钱。暑假的时候，我就和哥哥到白石河钓鱼，用卖鱼的钱交学费，为父母减轻一点负担。自童年始，我就知道，人在世上要吃苦。后来渐渐长大，读的书多了，又记住了一个既优雅又诗意的动词：跋涉。一个修辞，直接把生活苦难幻化为思想洗礼和精神滤器，阳刚而锦绣，如同艾捷尔·丽莲·伏尼契的牛虻、尼古拉·阿列克谢耶维奇·奥斯特洛夫斯基的保尔和路遥的孙少平的人生之路。我知道，这些奋斗与跋涉，有形无形，都与心中的山有关。山者为高，需要攀登和翻越。艰辛在途，一旦上来，眼前就会豁然开朗，天高地阔，可远眺、可俯瞰、可环顾。顺着山梁走，有风险，有难处，但目光、乡愁、移徙、人生之悟都有，且点位不同。

1977 年初春，还是知青身份的我当了一名民办教师，学校坐落在一个叫桃园的山梁上；三个月后，又转回槐坪教书，学校依然在一个山梁上。教书的地方叫关庙垭。山里的孩子目光很清澈，满眼都是父辈的寄托，他们懂事、听话、能吃苦、守纪律，破旧的衣服偶尔也遮不住有限的顽皮。课余时间，我坚持阅读，靠近文学，《青春之歌》《苦菜花》《保卫延安》《创业史》《在茫茫的草原上》《上海的早晨》《三家巷》《野火春风斗古城》《艳阳天》《金光大道》，以及《少年维特之烦恼》《战争与和平》《复活》《安娜·卡列尼娜》《母亲》《牛虻》《包法利夫人》《红与黑》《约翰·克利斯朵夫》《大卫·科波菲尔》《巴黎圣母院》《悲惨世界》《茶花女》《呼啸山庄》《青年近卫军》《绞刑架下的报告》《热爱生命》《老人与海》《静静的顿河》《金钱》《沉船》《月亮宝石》等，并尝试着让文学教我阅读眼前的世界，阅读那些山岭、沟壑、土地、草木、晨风、晚霞、鸟鸣、朝露，阅读底层的声音、粗犷的气息、敦厚的情感、无邪的眼神。那时，已参加工作的姐姐送了我一部砖头大小的收音机，晚上，改完作业备完课，吹灭煤油灯，就躺在床上，听来自山外的声音，新闻、体育、广播剧、天文地理、张千一的《北方森林》……山上的收音效果特别好，常常听得入迷，往往在声音中入眠，早上醒来，收音机还开着。这些均是我早期的知识储备和情感积累。

1980年5月，我结束了四年的知青生涯，老队长派秦老二挑着我简单的行李，送我下山，到大山更深处一个叫“裴家”的地方当武装干部，算是参加了工作。裴家河水清澈蜿蜒，流淌着遥远的青葱悲欢；岸边的红蓼花摇曳多姿，四周是陡峭的峻岭群峰。每当出山，路过哭儿沟或干沟与裴家河的汇流处，我都会稍作停留，顺着山沟往里看，思绪即刻回到葫芦寨、天宝寨、关庙垭、女儿寨，那里有我青春的汗水和跋涉。我离开了槐坪，却没有离开农村，只是换了一个角度看苍生。我代理文书，力求把政策民情准确及时地下达上传；作为武干，在完成日常工作的同时，一年一度，我总是尽力把最好的农家子弟推荐到军营。离开了葫芦寨，情感没有断，山依然在我心中，以致在后来的求学、调动，甚至离开家乡的三十多年间，我曾三次回到槐坪，回到葫芦寨下关庙垭上，去看望老队长，看望那些巍然耸立的山梁，听林中久违的鸟鸣，追忆青春的步履。

1987 年夏，我离开了生活二十九年的故乡白河，溯汉江而上去往安康，成为一名银行职员，从事办公室文秘宣传工作。业余时间，《安康日报》成了我最早的文学驿站，《星星》让我看到诗歌苍穹的繁星满天。从 1991 年开始，我先后担任房地产信贷部、党委宣传部和工会负责人，于 2018 年退休。其间，作为主要承办人，我曾代表中省市建设银行参与了秦巴山区十年扶贫这一伟大工程，助力安康分行获得 2013 年度国务院表彰。我跟所有奋斗者一样，艰苦跋涉，奋力前行是不变的信念。彼时，工作挑战、职业痛苦、生活艰辛、遇人不淑等等，我统统经历过。就像登山，有时感觉身心俱疲、力不从心了，甚至一闪念有了放弃的想法，一咬牙，还是挺了过来，只是工作繁忙，无暇顾及写作。2010 年前后，我又重拾文字，并把目光投向山外，且有了一点小收获。在此之前，十几年的业务工作中，即使因繁忙放下了笔杆，却始终放不下文学，它总在胸中涌动、翻滚。这时，阅读就成了最好的补益，《平凡的世界》《白鹿原》《废都》《一句顶一万句》《你在高原》《天行者》《额尔古纳河右岸》《追忆似水年华》《百年孤独》《瓦尔登湖》……塞翁失马，焉知非福，文学让我实现了新的积累和补充。一路走来，前方始终闪耀着文学神圣的光芒。

人生之旅，总是自生母怀抱始，以融入大地母亲怀抱终。原野上的足印终将被省略，而跋涉是永恒的，它是人类进步的精神动力和信仰阶梯。顺着山梁走，是选择，也是象征。山与水相通相随。三国曹魏管辂《管氏地理指蒙》曰："水随山而行，山界水而止。界其分域，止其逾越，聚其气而施耳。"可见山水相依，不可分割。对一个读书人而言，纵情山水其实与易理无关，所谓"落木千山天远大，澄江一道月分明"是也，与情怀有关。

放不下那山水，就动身，于是，便有了"大地行吟"。"行"者，少年梦想也，也是砸开精神枷锁；而"吟"，权当风雅一回。在小兴安岭，我的耳畔仿佛响起了《北方森林》的悠扬旋律；在太阳岛上，我找回了久违的青春和奋斗；在黑龙江畔的嘉荫县，我读到了那部风干的屈辱史；在八达岭长城，我看到一条巨龙在晨光下腾飞；在川地，我向一片苇草问询鹤发童颜的奥秘；在彝海，我看到一粒火种怎样燃起一片火海；在九寨沟，我的眼睛更加清澈；在雨城雅安，我读懂了女娲为何补天；在遵义，我对一盏灯再次产生敬仰；在西江千户苗寨，我看到蚩尤的后人都安居乐业、笑逐颜开；在黄果树瀑布，我听到一条河流不舍的呐喊；在泸沽湖畔，一支摩梭歌谣刚刚探出脑袋，似乎与水性杨花无关；在大理，再完整的风花雪月依然让人心有不甘；在路南石林，是汉子都会明白啥叫硬骨头；到抚仙湖才知道，神仙比人更矫情；在龙脊梯田，明白音乐如何雕刻农耕文明；在岳阳楼，我体会到了一代先贤沉重的忧乐；在长江三峡，李白用一杯浊酒款待于我；在屈原故里，《离骚》还在怒唱悲愤的《九歌》；在滕王阁，秋水长天之外，楼群与孤鹜正争夺高度；在浮梁古县，好人都有牌坊矗立；在景德镇，陶瓷都讲究高贵的身世；在井冈山，锻造历史的火炬在号角声中，依然在熊熊燃烧；在茅坪，一座“红军桥”把目光拉回童年的启蒙；在沙洲坝，一口水井露出深邃的眼神，只是当年那些挖井人都走到了墙上，不再挪动；在四月的婺源，看油菜花收回有限的等待；在长汀，闽西的红色在风中高扬；在古田，一盏灯发出永恒的光芒；在云水谣，爱情都有凄美的意境；在闽南，四菜一汤不算奢侈，东山岛的海浪几近温柔，鼓浪屿不仅有眺望的眼神，三坊七巷，林则徐对“百川”“千仞”都有刚正不阿的注释；在浙江雁荡山，几片翎羽都很宝贵，舟山岛上的佛光依然普照大地；在无锡，《二泉映月》直接把我带到了鼋头渚……在西域，在东部，在岭南，在塞北，在中原大地，在边境小城……一路飞奔，宠坏了眼睛和肠胃，辛苦了车轮子、腿杆子、脚片子，而脑袋，渐次丰盈。

离开故乡三十五年，很想为故乡母亲写一点东西，于是，“故土苍茫”便顺理而成章。

白河地处汉江河谷，四周高山耸立，县城夹在纱帽山和天池岭之间，与湖北省郧西县老官庙隔江相望，史称“秦头楚尾”。襄（阳）渝（重庆）铁路、十（堰）天（水）高速横跨县境，城内的桥儿沟和清风沟像两只臂膀拥抱着魁星山。整个县域地处北亚热带向暖温带过渡气候带，属大陆性季风湿润气候。地貌独特，沟壑相间，汉江从县境北部自西向东横穿而过，冷水河与白石河从县境西南向东北大致平行流入汉江。先秦时期，这里叫钖穴，明成化八年(1472年)，置白河堡，成化十二年(1476年)，改设白河县，以境内白石河得名。这里生物多样，四季瓜果飘香，亚热带暖温带植物都有，还有众多的野生动物。

这里多为湖广移民后裔，民风淳朴厚道，温馨平静，有着浓郁的南国市井气息。汉江根脉绵延，湖广遗风遍地开花，早年的民居、穿戴，现在的吃食、口音等都遗留着湖广风俗。山城周围的山峁河沟、大路小溪，城里的大街小巷、房前屋后都曾是我童年的乐趣。面对故乡，英国著名画家康斯太布尔说："世上没有任何事情能够改变或淡化我对你的爱，爱你已经成为我生命的一部分，无论任何艰难险阻。"白河是我灵魂和躯体的根脉所在，这里有我的童年和少年，更承载了父母一生的悲欢。生于斯、长于斯，情感沦陷于斯，侵骨入髓，无论走到哪里、外出多久，都无法自拔、无法舍弃。

怀揣悲悯是良善，也是格局。苍生不易，一切自然的、人为的艰辛都是跋涉的险阻。诗的力量是有限的，但呐喊可为，不怕受伤，大不了来点悲壮，即使象牙塔沦为苟且处，也要走上高地，振臂一呼，像北岛那样，吼一嗓子，相信山涧有回音，也让自己真正澎湃一回，如此，便不枉为诗了。

海德格尔说"诗乃是存在之词语性创建"，在海氏看来，诗和诗歌是有区别的，诗歌是艺术的一个种类，而诗恰恰"是一切艺术的本质"（郭涛《海德格尔论诗》）。长期以来，对诗和诗歌的论述浩如繁星，争论没有消停，而有文本论者则试图另辟蹊径，从文本的内外两个属性分别阐述诗的向度，这都是有益的探索。文本论者的许多观点我是认同的。里尔克说"一个诗人手上必须有两支笔，一支写诗，一支写信"，他并不主张"物诗"与"抒情"相互排斥。而现实中，我们常常处于两难境地。出这本集子之前，我又阅读了一些诗歌理论，感觉每一个方向似乎都有亮光、有其意义。理论探索是指引，而诗作本身也许才是最前沿的触须。

长期以来，本人的行走与写作一直受到家人、师友、老领导以及老同学们的关注和鼓励，特别是这本集子的整理出版，受到了许多文朋诗友和贤达的大力支持，陈敏、姜华、方晓蕾、刘福来、冯校平等，在此一并致谢！

收入这本集子里的作品，大多已公开发表过。但真正检验作品生命力的是时代，是历史，是凡尘。尽管诚惶诚恐，我还是愿意把它交给岁月，同时，献给我曾经生活过的土地和村庄，献给苍生。

肖照越

2022年5月30日于西安山水岭秀北区

DONGWU KEPUGUAN

动物科普馆

两栖爬行类与鸟类

LIANGQIPAXINGLEI YU NIAOLEI

主编◎徐井才

天津出版传媒集团

天津科技翻译出版有限公司

图书在版编目（CIP）数据

两栖爬行类与鸟类 / 徐井才主编. —天津：天津科技翻译出版有限公司，2010. 10（2021.6 重印）

（动物科普馆）

ISBN 978-7-5433-2792-4

Ⅰ. ①两… Ⅱ. ①徐… Ⅲ. ①两栖纲－儿童读物②爬行纲－儿童读物③鸟类－儿童读物 Ⅳ. ① Q95-49

中国版本图书馆 CIP 数据核字（2010）第 181082 号

动物科普馆：两栖爬行类与鸟类

出　　版： 天津科技翻译出版有限公司
出 版 人： 刘子媛
地　　址： 天津市南开区白堤路 244 号
邮　　编： 300192
电　　话：（022）87894896
传　　真：（022）87895650
网　　址： www.tsttpc.com
印　　刷： 永清县晔盛亚胶印有限公司
发　　行： 全国新华书店
版本记录： 787×1092mm　16 开本　15 印张　140 千字
2010 年 10 月第 1 版　2021 年 6 月第 3 次印刷
定价：45.00 元